未だ青い僕たちは

音はつき

STARTS
スターツ出版株式会社

名前：原田洋平（十七）
アカウント名：ホイル大佐
趣味：アニメ鑑賞
将来の夢：アニメクリエイター

名前：花室野乃花（十七）
アカウント名：のんのん
趣味：おしゃれ、メイク、お買い物
将来の夢：モデル

こんなふたりが、隣の席になりました。

目次

未だ青い僕たちは

Chapter1

隣の席の原田くん

喉元でごくりとなにかが蠢いた。息を呑むだとか、固唾を呑むだとか、そういうものとは違うなにか。それは例えば帰り道、今からひと降りするかもしれないと予感させる雨の匂いがしたときと、少し似ているとわたしは思った。

「あの……よろしく」

原田洋平。彼は学年一――いや、学校一番のアニメオタクと呼ばれる変わり者だ。身長はわたしと同じくらいだから、きっと百七十センチ弱といったところだろうか。真っ黒で艶のある髪の毛は、丸いフォルムをどんなときでも形作っている。長く伸ばされた前髪が目元をすっぽりと覆い隠しているため、彼がどんな顔をしているのかをわたしは知らない。小学生の頃は陶器のような白い肌を持つ美少年だったと誰かが言っていたけれど、そんな面影はなく、むしろ原田美少年説は、学校の七不思議のひとつのようなところさえある。

決してアニメオタクが悪いというわけではない。対象がなんであれ、夢中になれるものがあるのは素晴らしいことだ。とはいえ、話が合う気はまったくしないし、わたしだって例外なく原田くんの隣は避けたいところだったが仕方ない。まさに今行われた席替えで、そんな彼の隣をくじで引き当ててしまったのだから。

原田くんはスマホから顔を上げるとこちらを一瞥し、ファサッと前髪を揺らす。重みのある前髪は、やはり瞬時にもとの場所へと綺麗に収まった。

「チィッス」

次の瞬間には、そろえた人差し指と中指をこめかみあたりから前へとスチャッと飛ばしてみせるのだから、苦笑い以外できることはない。これは多分昨日の夜放映していた昔のアニメ、タイニーハンターの真似なのだろう。どうして本人ではなくわたしが恥ずかしくならなければいけないのか。そんな不満をぶつける場所なんてどこにもなくて、そのままそれは、わたしのみぞおちの下へと落ちていった。

原田くんはアニメをこよなく愛しているため一般的にオタクと呼ばれてはいるけれど、世間に広くイメージされているようなタイプとは少し違う。おどおどしていて、女の子とどう接したらよいのかわからないというのが、わたしがもともと持っていたオタクのイメージ。しかし原田くんは、一挙一動のすべてがアニメのキャラクターに影響されているタイプのオタクだ。

具体的に挙げるならば、真顔でキザな台詞も言ってしまうし、走るときにはクラウチングスタート。体育の授業で女子が怪我をすれば率先して駆け寄り、まさかのお姫様抱っこで保健室に連れていこうとする。もちろん全力で拒否されているけれど、本人はかまわないらしい。また、男子が女子のことからかったりしていると、『バーロォ、嫌がってんだろ？　やめてやれよ』なんてやたら巻き舌で言うものだから、男子からもウザがられている。

もちろんこれらすべて、大好きなアニメキャラクターの言動に倣(なら)ってのものだ。ちなみに本人は、そういった周りの反応はまったく気にしていない。

ザ・オタクといった暗い雰囲気ではないし、いつも不平や不満ばかりをネチネチと言うわけでもない。それでも終始こんな感じなので、彼の周りに人が集まることはなく、原田くんは常にひとりで行動しているというわけである。

「なんでのんの隣が俺じゃないわけぇ？」

通路を挟んだ隣で大げさに頭を抱えているのは、クラスの人気者の鈴木(すずき)くんだ。原田くんが非モテ代表だとするならば、鈴木くんはモテ代表。そんな鈴木くんに苦笑いを返しながら、わたしは椅子に腰を下ろした。

原田くんとまともに話したことは一度もないけれど、これからは毎日隣の席で生活をしていかなければならない。意外と普通なところもあるかもしれないしね。

「アニメのこととかいろいろ教えてね」

正直に言うとアニメに興味はない。しかし変に避けるのも違う気がして、わたしはそんなことを言ったのだ。

しかし、これが間違いだった。

「本当に興味があるのならば教える労力は厭わない。だがしかし、きみは本当にアニメに興味があるのか否か。また、どのあたりを履修済みなのかなど基本情報は教えてもらいたい」

原田くんは流暢すぎるほどの口調でそう言うと、クイッと丸眼鏡の中央を人差し指で押し上げた。ちなみにこれが伊達眼鏡だということはレンズが入っていないことからあきらかだし、昨日までは眼鏡なんてしていなかった。多分これも、なにかしらのアニメの影響なのだろう。

「あっ、あれは見てたよ。フルーティンハンター！」

勢いに圧されつつも頭の中でパッと浮かんだ戦隊モノアニメのタイトルを口にすれば、原田くんは眼鏡をキラリと光らせた――ように見えただけだ。実際にレンズは入っていないのだから。

「やあ、なかなかいい目のつけどころをしているではないか。あの話のコアとなるのは、心の奥底に眠る価値観の部分なのさ」

拳を握って語りだす原田くんの熱量に若干体を引いてしまう。あのキャラクターはこうであそこのあのシーンは誰々がどうで、と知らない名前や単語がぽんぽんと出てくる。しかしなによりもついていけないのは、嬉々とした表情で語る彼のトークスピードだ。

「おっとすまない。きみにはハードルが高すぎたようだ」

呆気にとられているわたしを一瞥した原田くんは、芝居がかった咳払いをしたあとに再びスマホの世界へと戻っていった。穏やかな教室の雑踏がまた耳の中に戻ってくる。

――ああ、やっぱり話は合わなそうだ。大体、コメントがいちいち上から目線なのはなんなんだろう。

わたしは小さくため息をついたのだった。

「のん大丈夫？　原田と隣なんて、お祓いでもしてもらったほうがいいんじゃない？」

休み時間になり声をかけてきたのは、いつも一緒にいる親友たちだ。

わたしが属するグループはいわゆるスクールカースト上位層と呼ばれるところに位置している。とはいえ、わたし自身はそんなことには興味はない。楽しく賑やかに毎日を過ごせることがなによりも大切なわけで、それぞれの生活スタイルに上位も下位もないでしょう？

「のん、今日も撮影？」

「うん、放課後すぐに行かなきゃ」

「すごーい！　来月号も絶対買うからね！」

「ありがとう」

ティーンに人気のファッション雑誌『TEENROSE』は総勢二十名ほどの読者モデルを抱えている。ごく普通の女子高生として生活する一方で、放課後には撮影や座談会に参加して誌面作りに協力するというのが読者モデル。わたしもそのうちのひとりだ。

スマホを開けば、編集者の西山さんから今日の撮影についてのメッセージが入っていた。こういった連絡は、すべて西山さんから来るようになっている。今日は夕方の五時に青山にあるスタジオに集合とのこと。授業が終わってすぐに向かえば、余裕で間に合うだろう。

ぱかっと開いたお弁当には生野菜がぎっしりと詰まっている。ひと手間かけた茹でささみは、お母さんが毎朝作ってくれるもの。レタスやきゅうりだけでなくコーンにトマトそしてかぼちゃと、栄養面、彩りともに完璧だ。特製サラダ弁当。スマホを取り出すと、いつものようにそれをカシャリと写真に収める。

『今日のお弁当は、ささみサラダ。トマトが甘くておいしい～！』

コメントをつけてSNSに投稿したわたしは、いただきますと手を合わせた。

読者モデルとひと言で言っても、その実態は媒体により実にさまざまだ。登録制でランダムに声をかける雑誌もあれば、特に人気の高い特定の読者モデルばかりを取り上げる雑誌もある。公式ブログサービスでひとりひとりに情報発信を求める雑誌もあれば、そのあたりは個人に任せているところもある。

わたしの出ているTEENROSEはブログなどの活動は特に制限・強要はされていないが、わたしを含む全員が〝読モ〟としてのSNSアカウントを開設していた。今はセルフプロデュース力が求められているらしい。メイクが得意な子は動画サイトでメイク動画をあげていたし、料理上手な子はレシピを紹介するブログを更新している。そんな中、大した取り柄もないわたしはごくごく普通の、無難な〝映え写真〟を投稿しているだけだ。

もともと自分を売り込んでいくのはあまり得意ではない。SNSも苦手で敬遠していたのだが、周りからのすすめもありやっと最近始めたところなのである。アカウント名は〝のんのん〟。読モを始めるときに西山さんがつけてくれたニックネームだ。

「わぉ……」

思わず声が出そうになって、わたしは慌ててそれを呑み込む。視線の端で捉えた原田くんのお弁当が、カラフルな色彩を放っていたからだ。

わたしが通うこの高校には学食や購買があるため、お弁当を持ってきている生徒はあまり多くはないのだが、どうやら彼もお弁当組のようだ。しかも、かなりハイクオリティなキャラ弁である。彼自身が作っているとは思えないから、きっとお母さんの手作りだろう。食べる前にスマホで写真を撮っている様子からすると、彼はマザコンでもあるのかもしれない。マザコンなアニメオタク……やっぱりあまり関わりたくないものだ。

それにしても、本当に原田くんはいつもひとりだ。お昼ご飯を食べるときももちろんひとり。それでも彼に寂しそうな様子や気まずそうな様子は一切見られない。むしろいつだって堂々としていることが、とても不思議だった。

どうして彼は、何事にも動じずにいられるのだろう。原田くんのことを意識しているのは周りにいるわたしたちであって、彼自身はこちらの存在なんてまったく意識していないのかもしれない。

不思議だ。原田くんは、本当に不思議なアニメオタクだ。

『今日はアイザック伯爵の弁当だ。オージーザス！』

その夜、ベッドの上でごろごろと寝ころびながらＳＮＳを眺めていると、気になる投稿を見つけた。

「いやいやわたしが検索をかけたアイザックは、コスメブランドなんですけど……。なんなのアイザック伯爵って……」

謎の伯爵の名前が気になり、投稿されていた写真をタップする。――とそこに現れたのはまさに今日のお昼休み、視界の端で捉えた原田くんのお弁当そのものだったのだ。さらに驚くべきことに、その投稿への共感を示す〝いいね〟の数は千件を超え、コメントだって百件近くついているではないか。わたしの自撮り写真に来る〝いいね〟は、調子がよくて三十そこそこ。コメントなんて滅多に来ない。

信じられない思いで、わたしは投稿者のプロフィールページをタップした。

【ホイル大佐】アニメは世界！　アニメは平和！　ラブアンドピース！　雑食です。フォローリムブロご自由に。

これが自己紹介文で、アイコンは下手くそな猫の顔。多分、有名な猫アニメのキャラクターを誰かが模写したものだろう。特徴的な耳の形がなければ、そのキャラクターだとはわからないくらいに本物とはかけ離れている。

しかし、その横に表示されているフォロワー数は、わたしの目を大きく見開かせるのには十分だった。

「嘘(うそ)でしょ……」

ホイル大佐のフォロワー数は、一万人を超えていたのだ。

隣の席の原田くん。アニメオタクでマザコンの原田くん。クラスで浮いている原田くん。

そんな彼の真の姿は、超カリスマSNS発信者だった。――アニメオタクの、だけど。

「おはよう原田くん」

朝の八時五分。教室にはまだクラスメイトの半分も登校していないし、普段ならばわたしもまだ到着していない時間だ。目覚ましをかけていつもより早く学校へやってきた理由は、原田くんがホイル大佐であるという確固たる証拠を掴みたかったからだ。

原田くんはクラスの誰よりも早く登校している、というのは有名な話だ。いつ見てもまるで昨日からそこにいるかのように席でスマホをいじっている原田くんの登校時間は、美少年説と並び、七不思議のひとつのようにさえなっていた。

原田くんはわたしの言葉に顔を上げず、「うむ」とだけ短く返事をする。その視線の先にあるのは彼のスマホ画面で、そこにはまさに昨日わたしが見ていた〝ホイル大佐〟の投稿一覧が映し出されていた。ごくり、と喉の奥が鳴る。

――やっぱり原田くんが、ホイル大佐だったんだ。

今朝方わたしは思考の末、震える指先でホイル大佐のフォローボタンをタップした。わたしのアカウント名は本名ではなく〝のんのん〟というニックネームだけど、アイコンは最近で一番いい写りだった自分の写真だし、プロフィール欄にはフルネームと自己紹介も載せている。いくら周りに興味のない原田くんとはいえ、プロフィールページに飛べばフォローしたのが隣の席の花室野乃花であるということには気が付くだろう。

それでもフォローすることを決断したのは、純粋に彼の投稿が実に興味深くておもしろかったからだ。大半はアニメに関することだったけれど、日常的な投稿も多い。短い言葉の中にもどこか哲学じみた色があり、わたしとは物事の捉え方の角度が大きく異なっていた。アニメへの考察、愛情、そしてリスペクトも人一倍深く、五千字を超える論文のようなものも投稿されており、昨夜はあれから彼のSNSで取り上げられていたアニメを動画サイトで探してしまったほどだ。

ホイル大佐という人は、投稿によっては女の子が思わずときめいてしまうような言葉や考えを持つ人で、そして投稿によっては重度のアニメオタクに違いなくて、それがとても魅力的に映った。

夜更かしは美容の敵。そんな当たり前のことを忘れてしまうほどに、昨夜わたしはホイル大佐の世界観にどっぷりと引き込まれてしまったのだ。

落ち着かない気持ちを隠しながら、彼と同じように自分のスマホに目を落とす。開くのはもちろんSNSのページだ。

ホイル大佐は、この界隈(かいわい)ではちょっとした有名人らしい。実際に彼のことを崇拝しているファンらしき人たち――彼らは自らをホイル部隊と呼んでいる――がいるということも特定済みだ。

彼はつい二分前に、朝のポエムのようなものを投稿している。このポエムがこんなにすぐ隣で生まれていたなんて、と小さな感動のようなものまで感じてしまうのだから、わたしはすっかりホイル大佐の魅力にやられてしまっているらしい。

ところで彼は、わたしがフォローをしたことに気付いているのだろうか？　今もホイル大佐の投稿を見られるということは、ブロックをされているわけではない。そもそもわたしがホイル大佐の正体を知っているという事実自体、原田くん含め誰も知らないのだから気にすることはないのかもしれない。

ただの読者モデルが、偶然見かけたカリスマアニメオタクをフォローした。

そう、それだけのことだ。

「ジーザス……」

小さなつぶやきが右側から聞こえて顔を上げる。ホイル大佐……いや、原田くんはスマホを机に置いたまま大げさに頭を抱えているではないか。人が頭を抱えるシーンを実際に見たのは初めてのことで、やはり彼の一挙一動はアニメに影響されているのだなと納得してしまう。

「あの、原田くん……どうかしたの？」

昨日までならば彼の不自然な言動にいちいち反応することはなかった。だけど今日は聞かずにはいられない。なんだかよくわからないけれど、彼の見ている世界を見てみたいと思ってしまったのだ。

「こんな画像がアニメの公式アカウントからあがったんだが尊くて直視できないのさ！」

ずい、とこちらに向けた画面には、かわいい女の子とイケメンヒーローが寄り添うイラスト。大変申し訳ないことに、わたしの記憶の中には存在しないキャラクターだ。しかし、彼にとってそんなことはどうでもいいらしい。

「今この気持ちをどう表現すべきなんだ俺は！　だがしかし！　ただ自分の中で消化するなんて無理だ！　ジーザス！」

彼はそう言って天を仰ぐと、わたしの存在なんて初めからなかったかのようにまた画面の中の世界へと舞い戻っていく。まるで嵐のような人だ。今この瞬間を生きているホイル大佐に追いつくためには、わたしもこの一瞬を見逃してはならない。

わたしは隣の彼と同じようにスマホを操りＳＮＳのページへ戻ると、急いで画面をフリックした。

ピュンピュン。フリックするたびに、ホイル大佐の言葉が矢継ぎ早に現れる。

それはすごく不思議だった。ただの文字なのに、それでもたしかにその言葉たちは、右隣にいる原田くんから発されているのだ。

原田くんは黙ってスマホを操り、わたしも黙ってスマホを操り、そこに会話はひとつもない。それなのにたしかに今、わたしたちは同じ時間を、同じ空間を、同じ世界を共有している。一方的に――ではあるのだが。

風がふわりとカーテンを揺らして、わたしは目を細めてそちらを見る。原田くんの前髪が一瞬だけ気持ちよさそうに風になびき、眼鏡の奥、薄茶色の瞳がちらりと見えた。

――綺麗。

こんなことを男の子相手に思うなんて初めてのことだし、ちょっと変かもしれない。相手はあの原田くんだし。

だけど本当にそう思ったんだ――。

ガヤガヤと賑やかな朝の教室の片隅でわたしたちは言葉を発さぬまま、小さな箱の世界で自由に泳いで過ごしていた。

それからというもの、SNSのチェックはわたしの日課となった。メインはもちろんホイル大佐の投稿チェック。

ときに彼は、自分で描いた絵なども投稿していた。味があると言えば聞こえはいいが、要するに絵を描くのは得意ではなさそうだった。それでも彼がファンアート——ファンが原作をリスペクトして描いたイラストだ——を披露すれば、ホイル部隊たちはこぞって〝いいね〟と賞賛のコメントを飛ばす。中には、下手くそだとか早くやめろだなんていう罵倒の言葉が投稿されていることもあるけれど、ホイル大佐に気にする素振りは見られない。

わたしはいつも、気にしすぎてしまうタイプだ。ブスやデブなんて言われた日には、もう読モなんてやめてやる！と言いたくなってしまうかもしれない。

ホイル大佐は、強いのだ。そういう面も含めて、ホイル大佐の世界はわたしにとって刺激的で、そして自由だった。

彼はなににも囚われていない。彼は自分の目を信じている。

ホイル大佐は学校で起きた出来事を投稿することもたまにあって、同じことはわたしから見たら特筆するようなことではなかったのに、彼の手にかかればあっという間におもしろい出来事になる。そういった日常の投稿にも、どこか必ずアニメとの接点が作られているからそちらにも興味が生まれ、気付けばわたしはいくつかのアニメを語れるほどには好きになっていた。

こんな風にわたしがホイル大佐をより深く知っていく一方で、原田くんはわたしがホイル大佐をフォローしていることについてはまったく触れてこない。フォローされ

ているこ と自体に気付いていないのか、それともあえて話題にしないのか。原田くんは自分がホイル大佐であることを周りには知られたくないのかもしれない。

そう思うと、わたしからその話題を振ることはためらわれたのだった。

そんなある日、わたしのプリントが机の上から滑り落ちた。それは学校生活を送っていればよくある日常のほんのひとコマ。しかしそれを拾い上げた彼は、聞き慣れない名前を口にしたのだ。

「落ちたよ、サリー」

――ん？　サリー……？

思考回路はぴたりと止まり、代わりに頭の中の映写機がホイル大佐のタイムラインを急ピッチで巻き戻しながら映し出す。それはまるで検索画面のようだ。

たしかに知っている、見覚えがある〝サリー〟という名。どこにその正体があるのだろうか。

サリー、サリー、サリー……。

必死で記憶の糸を手繰り寄せている横で、言葉を発した本人はまったく関係のない侍（さむらい）の姿をした犬のキャラクターを描いている。もしかしたらサリーと口にしたこと自体、気付いていないのかもしれない。

「ねえ、今、サリーって」

「ニンニン」

意を決して言葉にしてみるも原田くんには現在、自身が描いているキャラクター、山芋侍(やまいもさむらい)が降臨しているらしい。

脳内タイムラインの限界を知ったわたしは、諦めて机の下でスマホを開いた。

サリー　キャラクター、検索。

「アッ」

小さく声が出てしまい、自分の口を両手で押さえた。逆隣の鈴木くんが不思議そうにこちらを見たので、愛想笑いをしてごまかす。原田くんはお絵かきに夢中だ。

【サリー】魔法戦隊ポリポリポピーの第三戦士。美人でお姉さん的存在。テーマカラーはマスカットグリーン。

説明書きの下には、スタイル抜群の大きな目が特徴的な美少女のイラストが表示されていて、思わず心の中で小躍りをする。

原田くんが言ったサリーって、このサリーのこと？　原田くんの中でわたしはサリーに似ているということなの？　こんなにかわいく映っているってこと？　そんな似てるかな？　たしかに目の大きなところとか、鼻筋が通っているところは似ていると言われれば似ているかも。やだ、なんでこんな嬉しいんだろう。

思わず口元がにやけそうになって慌てて教科書で顔を隠した。ところが説明はそれだけで終わらなかった。

『性格に多少の難あり』

こんな追記を見つけたわたしは、ゴンっと机におでこを落とす。

そのあと一日、ショックから立ち直れなかったというのはここだけの話だ。

ホイル大佐は意外にオープンな性格らしく、彼の投稿欄ではいつもたくさんの人々とのやりとりが行われていた。

例えば、『昨日の山芋侍、どうであったか？』というホイル大佐の投稿に対し、『非常にストーリーのメッセージ性が社会派であった』『激しく同意』などのコメントがつくといった具合だ。さらには女の子と思われるアカウントからの熱烈なコメントも見られる。どうやらホイル大佐はモテるらしい。

ちなみにこういったコメント欄は、自由に見ることができるので内緒話には不向きだ。マンツーマンのやりとりがしたいときには、ダイレクトメールと呼ばれる機能を使うのが鉄則となっている。

ホイル大佐をフォローしてから、わたしもアニメのおもしろさには気付き始めていた。ストーリーにキャラクター、さまざまな表情や動き、音楽と世界観。それぞれすべてに深みがあって、作り手の愛情をダイレクトに感じられるものが多くあるのだ。

さらにアニメの奥深さを語る上で外せないのは、数々の名台詞。さまざまな解釈ができる台詞が起用されていることも多く、ファンたちがSNS上に各々(おのおの)の考えを投稿すれば、そこで意見交換などが行われたりもする。それはとても興味深かった。この世には知らない世界が存在する、ということをまざまざと見せつけられたような気分だ。

そんな中でも、ホイル大佐の考察は異彩を放っていて惹きつけられた。原田くんってこんな考え方をするのかと、わたしは毎回唸(うな)らされる。

だって普段の彼の言動はアニメのキャラクターに影響されている部分が多すぎて、どういう人間なのかということが見えづらかったから。

最初は眺めているだけでよかった。知らない世界を覗(のぞ)いて、こういう場所もあるのかぁ、なんて。

だけどそのうち話してみたくなったのだ。――他でもないホイル大佐と。

もしかしたらわたしは、もう立派なホイル部隊の一員なのかもしれない。

「さすがに〝のんのん〟のアカウントじゃまずいよね……」

原田くんはわたしがホイル大佐をフォローしていることに気付いていない可能性が高い。このアカウントで直接話しかければ、用心深い彼はわたしのことを警戒するようになってしまうかもしれない。万が一ブロックでもされたら、この先ホイル大佐の投稿を見ることができなくなってしまうのだ。それだけはどうしても避けたい。

そうしてわたしはついに、ホイル大佐に話しかけたいがためだけに、アニメ用のアカウントを作ったのだった。

【サリ子】サリーちゃんが大好きなアニメ初心者。いろいろ教えてください。

アカウント名はもちろんあのサリーから取ったもの。アイコンはインターネットで拾ってきた笑顔のサリーを設定する。うん、やっぱりかわいいなサリーちゃん。

さあ、時は満ちた——。

わたしは深く息を吐くと、震える指先で彼への初めてのメッセージを打ったのだ。

似た者同士

『初めてのコメント失礼します。サリ子といいます。アニメの魅力にはまったばかりですが、ホイル大佐さんの投稿を興味深く見させてもらいました。フォローさせていただきます。よろしくお願いします！』

十回以上は読み直したと思う。ドキドキと心臓は全力疾走。こんなに緊張するのはいつぶりだろうか。初めて読モとしての撮影をしたとき以来かもしれない。そんなことを思いながら、わたしは投稿ボタンを押した。

好きな人にメッセージを送るときってこんな気持ちなのかな、なんて考えてから、いやいや、相手はあの原田くんだぞ！とぶんぶんと首を振った。

普通、コメントの返事というのはどのくらいのペースで来るものなのだろう。SNSを使いこなせていないわたしにとって、こうやって誰かにコメントをするなんていうのも初めての経験だ。

すーはーと深呼吸をひとつしたところでピコンッと通知音が鳴る。思っていたよりも早い反応に、わたしは緊張しながらスマホを開いた。

「返事めっちゃ早いんだけど……」

そこに現れたのは、ホイル大佐からの返事。まだ一分も経っていないのに。

『フォローありがとうございます、ホイル大佐です。サリ子さんのアイコンですが、著作権で保護されているものです。使用を控えることをお勧めいたします』

思ってもいなかった方面からの指摘に、がくーっとわたしは頭を下げた。オタクの世界も、甘くはないようだ。

気を取り直して、この界隈のルールを検索してみる。なるほど、アニメの画像をそのまま使うと著作権の侵害にあたるらしい。それぞれの畑にはそれぞれのルールがある。どこの世界でも、ルールとマナー、そして配慮は大切だ。郷に入っては郷に従えとは、昔からの教えである。

それじゃあ、と先日撮影で訪れたマスカット畑の写真をカメラロールから探し出した。サリーのテーマカラーはマスカットグリーンだったし、これならばわたしが撮影したものだから著作権の心配もないだろう。爽(さわ)やかで明るいグリーンのマスカット。それをアイコンに設定して、わたしはホイル大佐への返事を送る。

『失礼しました。アイコンの件、教えていただきありがとうございます。ぜひこれからもいろいろと教えてください！』

『ご理解と迅速(じんそく)な対応ありがとうございます。むむっ、それはシャインマスカットでは？　サリーのテーマカラーから本物のマスカットの写真をこの数分でチョイスするとは。サリーへの愛の深さを感じます』

　え、褒められた？　やった！

　思わずのガッツポーズ。しかし問題は次だ。どうしたら会話がちゃんと続くだろうか。質問で返せば続くかな。すぐに返したら早く会話が終わっちゃうかも。少なくとも五分は待つべき？　なんて、そわそわしてしまうわたしは、まるで恋する乙女みたいだ。当然のごとく、恋愛感情は皆無であるけれど。

　それでも、退屈だった夜は楽しい時間へと変わっていく。これぞホイル大佐の魔法！　なんちゃって。

『とても嬉しいお返事ありがとうございます。本当にサリーちゃんはこの爽やかなグリーンが似合う美少女ですよね。ホイル大佐さんのアイコンもとてもかわいいです！』

　試行錯誤の末に送った渾身のコメント。返事をそわそわと楽しみに待ったものの、ホイル大佐からの〝いいね〟でやりとりはあっけなく終了を迎えた。

　決して忙しいという理由からではないことは、その後の彼の投稿を見れば一目瞭然。ホイル大佐はいつも通り、ひとりでずっと暴れている。……ある意味忙しいというのは正しいのかもしれないけれど。

　しかしなるほど。ＳＮＳ上でのやりとりというのは、そんなに頻繁に行うものではないらしい。またひとつ知識を蓄え、レベルアップした気分だった。

　さて、ここ最近のホイル大佐のブームは山芋侍のようだ。山芋を背負った、侍姿の白い犬こそが山芋侍。ほのぼのであり、しかし泣かせてくる人情もののアニメだ。動画サイトで見てみれば見事にハマってしまった。

「原田くんおはよう」

「おはようでござん」

　ござん、は山芋侍が話すときに語尾につける言葉。今朝はサムライモードなわけね、了解。心なしかいつもより背筋も伸びている感じのする原田くん。わかりやすくておもしろい。

「原田、お前日直なの忘れるなよ」とクラスメイトに言われれば「拙者(せっしゃ)が忘れるわけがなかろうに」と真面目な顔で返す。周りの反応はいつも通りのスルーだ。しかしわたしは、彼の隣で小さくくすりと笑ってしまう。

　昨日の夜はこの人とやりとりをしたんだよなあ。本人は知らないけれど。

「ねえ原田くん」

「何用か」

「わたしをアニメのキャラクターにたとえると誰かな？」

　一方的ながら、彼への親近感を抱いたわたしは調子に乗ってそんなことを聞いてみる。原田くんがわたしのことをサリーって呼んでいるの、知ってるんだぞ。ほら言ってみてよ、サリーでござんな、って。

ちょっとわくわくしながら聞いてみたのに、原田くんは腕を組んだ姿勢のまま、天井を仰いで言い放った。

「ぬしに言ったところで通ずるはずがないでござん」

ああ、今日も今日とて玉砕（ぎょくさい）でござん。

そんなわたしにはおかまいなし。原田くんはまた、お絵かきに没頭している。この集中力を勉強にも使えばいいのに。原田くんは勉強が苦手だ。

はあ、と小さくため息をついたわたしが机の中から教科書を取り出したとき、コツンと腕がぶつかってしまう。

「あ、ごめんね」

「すまぬ」

同時に発されたその言葉に、わたしは小さく笑ってから「ニンニン」とこっそり返した。これは山芋侍と、相方のくノ一であるお蘭（らん）ちゃんとの合言葉だ。彼はちょっと驚いた表情を見せたあと、「ニンニン」と人差し指を立てて真面目な顔で応えてくれた。

なぜだか胸の奥がきゅっとなる。少しはわたしのことを見直してくれたかな、なんて。自分でも知らなかった自分がいることに、わたしは心地よい驚きを感じていた。

ホイル大佐とサリ子は、あれからも何度かコミュニケーションを取っている。しかしそれは、ホイル大佐とサリ子の話であって、原田洋平くんと花室野乃花の距離は一ミリも縮まっていない。さっきみたいにほんの少しのやりとりはあるものの、あっという間に彼は自分の世界へと戻ってしまうのだ。

今だって彼は、ひとりで音楽を聴きながらお絵かきをしている。せっかくの休み時間、もう少し会話をしてみたい。アニメの話もいろいろ聞きたいし、話しかけたい。

そう思いながらも行動に移せないのは、わたしが意気地なしだからだ。

原田くんに警戒されたくない。ホイル大佐と話せなくなったら困る。だけどそれだけじゃない。

わたしは結局、怖かったのだ。読モである自分が、アニメオタクである原田くんと関わるという事実が。周りがそれをどう思うのかが、わたしは一番怖かったのだ。

「のん、今日も撮影？　みんなでスイーツ食べ放題行こうと思ってるんだけど」

ホームルームが終わり、楽しい放課後の予定がある友人たちからの誘いに、わたしはパチンと両手を合わせる。

「今日は撮影じゃないんだけど、今ダイエット中だから……。みんなで楽しんできて」

読モとしての〝のんのん〟はこう在らなければいけない、というものは自分の中にきちんとあった。スタイルがよく、おしゃれに敏感、センスがよくてメイクもうまい。多ジャンルの洋楽を聴いていて、みんなから好かれる、そんな女子高生。最近はアニメにもかなり興味があるけれど、それは秘密だ。イメージというのは、読モにとってとても大切なものだから。

彼女たちは、そうだよねぇと頷き合ったあと、また明日と笑顔で教室をあとにした。

こんな放課後だってもう慣れっこだ。わたしは決してひとりぼっちなわけではない。読モをしているからこそ、こうした孤独も起こりうるものなのだ。

それから十分に時間が経ったのを確認してから学校を出れば、少し前に見知った背中が見えた。あまり大きくはない、やたらと背筋が伸びた後ろ姿。

——原田くんだ。

そうか、原田くんもひとり。わたしもひとり。もしかしたら、似た者同士だったりして、わたしたち。

だけど隣に並ぶ勇気はなくて、声をかける勇気もなくて。その距離を保ちながら彼の背を追うように駅までの道を歩いた。

長い影がふたつ、重ならずに伸びていた。

「野乃花、またサラダだけなのか？」

あからさまに眉を寄せるお父さんの言葉を受け流して、わたしは空になったサラダボウルをキッチンへと運んだ。心配してくれているのはわかるけど、わたしは読モをしているんだからこのくらいは当然なの！

そのあとはお風呂にゆっくりと浸かり、ヨガマットの上でストレッチ。これがわたしの夜のルーティンだ。

足をクロスしてウエストを捻(ひね)りながらＳＮＳを開けば、スイーツを両手に笑う友人たちの写真がたくさん投稿されていた。それを見て少し寂しく感じることさえも、ある種ルーティンのひとつのようになってしまっている。

誘われなかったわけじゃないし、断ったのは他でもないこのわたし。これでいいんだ、わたしは読モなのだから。スイーツの誘惑に負けなかったのんのん、偉いぞ！

そうやって自分を励ますも、楽しそうな写真をいくつも見るとやっぱりどこか虚(むな)しくもなる。

「考えない考えない！」

そう言って、わたしはアカウントを〝サリ子〟のものに切り替えた。

ＳＮＳというのは本当に不思議なものだ。その世界自体は同じものなのに、つながっている人々が違うだけでまるで別の風景が広がっている。こちら側の世界には今日も、ホイル大佐がいつもと同じようにいてくれる。

サリ子になると、途端に気持ちが軽くなるのはなんでだろう。わたし自身にもスイッチがあって、別人になったような気分。

今日のホイル大佐の語りのテーマは、国民的アニメ映画について。わたしも小さい頃から何度も見ている、中学生の初恋が丁寧に描かれた作品だ。

『初恋というものは、夏祭りのラムネに似ている』

今日のホイル大佐はちょっと詩的。カランと落ちるビー玉の音、しゅわしゅわ弾ける小さいあぶくにお祭りのガヤガヤとした喧騒が頭の中で再生され、思わずわたしはコメントをした。

『ホイル大佐さんの初恋はいつでしたか？』

だって気になるじゃないか。原田くん――ホイル大佐は、どんな女の子を好きになるのだろう。今夜も数秒で返事が来る。

『初恋は小三の頃。衝撃的でした。相手はハルミーです。そこから俺のアニメ人生は始まりました。本当に初恋です』

ハルミー、検索。

【ハルミー】魔法戦隊ポリポリポリポピーの第二戦士。ふわふわの天然お嬢様。だけど実は超天才。ポリポリポピーのブレーン。

ねえ待ってよ……。ホイル大佐の好みは、サリーじゃなくてハルミーなの？　ねえ、サリーとハルミーって正反対だよね？　ねえ……あの……ねえ……。

「っていうか初恋って、アニメの話じゃないし！」

そんなわたしの独り言は、満月の夜に吸い込まれていった。

——と、まあそんなこんなでホイル大佐とサリ子はほぼ毎晩コメントをやりとりするような関係にまでなっていた。

しかしながら相手は手ごわいホイル大佐。思うように心の距離は近づかない。

『トルズの八十三回はマジで神回』

『ホイル大佐さんこんばんは！　トルズ二期のオープニング曲がとても好きです！』

『おお、いいですな。ぜひ三期のOSTを』

『ありがとうございます！　早速ダウンロードしてみます！』

〝いいね〟がついて終了。

『この世の中は苔の生えた水槽のようである』

『苔にはヤマトヌマエビがいらしいですよ、ホイル大佐』

『教室の水槽で飼うことを提案したいと思います。サリ子さん、有益な情報、圧倒的感謝』

翌日、ホームルームで原田くんは教室の水槽にヤマトヌマエビを仲間入りさせることを提案した。わたし、心の中で小躍り。

『新キャラのルミナス女神すぎんか？ 震』

『ホイル大佐の好み？ リアルではどういう子がタイプですか？』

『俺にとってのリアル＝アニメだから、そういったことは考えたことがない』

『学校に、かわいい子とかいないの？』

『否』

ガクッと顎が外れそうになった。

一歩進んで二歩下がる。まさにそんな関係だ。それでもわたしは楽しかった。

以前まではなかった気持ちに、知らなかった世界に、わたしは魅了されていったのだ。

Chapter2

真っ白なバッグペーパーがいつもよりやたらと眩しい。——ああ違う。彼女が眩しいんだ。

わたしは隣でカメラに向かって笑いかける、南を見つめた。

南とわたしは、同じ時期に読者モデルとなった読モ仲間だ。一緒に撮影に呼ばれることが多く、そこから意気投合した。今ではプライベートで遊ぶくらい、読モでは唯一ともいえる仲良しの友達だ。いつかふたりで大きなページに載ろうねと切磋琢磨しながら頑張ってきた。この撮影を最後に彼女が読モをやめると知らされたのは、今日、スタジオで顔を合わせたときだった。

「はい、お疲れさま！　南ちゃん、本当に今までありがとうね」

カメラマンさんがそう言ってカメラを下ろすと、南はほっとしたような表情で大きく頭を下げた。そんな彼女に対し、周りのみんなが拍手のシャワーを送る。嬉しそうに笑う南は、年相応のかわいらしい女の子に見えた。

帰り支度をしていると、隣にやってきた南にポンと肩を叩かれる。

「ここまで読モを続けてこられたのは、のんがいてくれたから。今までありがとね」

南はそう言いながら鏡の前で淡いピンクのリップクリームを唇にのせる。薬局やコンビニでも売っているような、数百円で買えるもの。ついこの間までは、お金を貯めておそろいで購入した憧れブランドのグロスを引いていたのに。濃い赤色の、大人の味がするやつを。

「ねえ、もうちょっと一緒にやろうよ。南がいなきゃ寂しいよ」

読モたち、なんて誌面ではひとくくりのサークルのように紹介されるわたしたち。みんなで買い物に行ったり、新商品のコスメ発表会に招待されたり、ちょっとしたパーティに参加したり。みんなとっても仲良しです！などという華やかで仲睦まじい写真が誌面を飾るけれど、実際にはそんな綺麗な世界ではない。オンナの世界だなんてひとくくりにするのは好きではないが、一般的にイメージされるそんな世界がここにはあるのだ。

少しだけ顔が丸くなった彼女は、もう少し一緒にやろうというわたしの言葉に、笑顔で首を横に振った。

「もういいや、って思ったの。疲れちゃった。人と比べるのも競争するのも、見栄を張るのも我慢するのも。全部もう、疲れちゃったの」

読モの世界はキラキラしていて、それでいてとてつもなく歪んでいる。みんな美人でかわいくて、スタイルもいい。〝読者〟という前書きはついてもモデルと呼ばれ、わたしがそうであるように学校では一目置かれる存在となる。それは、プライドという金色の塔を高くするには十分な経験だ。

高校生なのにハイブランドを持っているとか、本当は必死にダイエットをしているのに〝自分は太らない体質で〟なんて見栄を張るとか、誰が一番大きく誌面に載ったとか、この企画に呼ばれたとか、あの子と仲良くなれば有名になれるとか。憧れや嫉妬や羨望が、華やかな誌面の下でぐるぐると渦巻いている。

たかが読者モデル。モデルじゃなくて、読者モデルだ。それでもみんな、読モとしての自分に最も重きを置いている。ただの高校生とは違うと、少なからず自負している。

――わたしだってそうだ。

南の言いたいことはよくわかった。撮影に呼ばれても誌面に載らないこともある。一緒に呼ばれたメンバーが我の強い子だと、牽制(けんせい)されることもある。

――なんのために読モをしてるの?

そう聞かれたら、うまく答える自信はない。なんのためにお菓子を我慢して、放課後の友達の誘いを断って、わざわざ都内のスタジオに行って。一体わたしはなんのために、読者モデルなんてしているのだろうか。

スタジオを出るときに、先ほどの撮影データが表示されたパソコンのモニターが視界に入った。そこに映るのは、自然に明るく笑う南と、やたらと目を大きく見開き不自然な笑顔を貼りつけたわたしだった。

撮影からの帰り道に駆け込んだ電車は、午後八時半発のものだった。窓の向こうはもちろん暗くて、住宅街には明かりが灯っている。

わたしの家の最寄り駅は混雑する電車とは反対方向にあるため、車内にはぽつぽつと空席も見られたが、わたしはあえてドアに寄りかかるようにして立っていた。

ブレザーのポケットからスマホを取り出し、のんのんのアカウントを開く。それはもう息をするのと同じくらい体に染みついた動作となっていて、この手のひらにかかる重さは常に心を落ち着かせてくれる。

一体いつからスマホがなければ小さな時間さえも過ごせなくなっちゃったんだろう。

途端に自分がひどくつまらない人間に思え、それを消し去るように親指で画面を素早くフリックした。指先ひとつで、見たくないものは流してしまえるこの世界に縋(すが)るように。

画面の向こうは、読モやクラスメイトたちの楽しそうな写真であふれている。今日はクラスのみんなでカラオケに行くって言っていたっけ。あ、この間ファッション特集に大きく取り上げられていたこの子は、メイク動画をまたアップしている。わたしもチャレンジしてみたいけど、私物のメイク道具はプチプラばかりで読モとしてのイメージに傷をつけてしまうかもしれない。

はあ、と小さくため息をついたわたしは、南と撮ったピースサインのみの写真を選んでSNSの海へと投じる。

撮影や遊びに行くたびに撮っていたツーショットの写真は、今日は撮らなかった。もう、誰かにアピールするための写真なんて南には必要がなくなったのだ。

『今日は大好きな南と撮影。本当に大好きだよ、いつもありがとう』

南が読モをやめることは、まだ公にはなっていない。いや、たかが読モでしかないわたしたちがどうなるかなんて、誌面で取り上げられることはないのだ。

投稿した写真には、すぐにコメントなどの反応が届いた。しかしわたしは、その通知欄を確認せずにアカウントを切り替える。

――指先ひとつ。

それだけで窮屈で息苦しくも華やかな世界は一瞬にして消え去り、代わりにアニメのイラストや動画がカラフルに踊る世界が目の前に広がる。わたしはそこで、やっと酸素を取り込むことができた。

ここは、本当のわたしでいられる場所。誰にも気を遣わないで、かっこつけないで、他人の評価なんて気にしない、ありのままの自分を表現できる場所。気持ちを吐き出すことができる場所。

『さみしい。悲しい。虚しい。なにが正解かわからない』

このアカウントのフォロワー数はゼロ。弱音をこぼしたところで誰も気に留めることはないということだ。

誰かに心配してほしいとか、そういうわけじゃない。ただ、この思いを吐き出したいだけ。

「わたしって、なにがしたいんだろ……」

別れ際、看護師になりたいから勉強を頑張ることにした、と夢を口にした南。自分の進みたい道を見つけ、そこに向かって歩きだした彼女が眩しくて仕方なかった。

わたしの将来の夢はプロのモデル。そうやって口では言っているけれど、どこまで本気でそう思っているのか自分でもわからない。血がにじむような努力をする覚悟や厳しい世界で生きていく覚悟が自分にあるのかと聞かれたら、正直実感なんてない。

「まだ十七なんだから、自分の将来なんてわかんなくてもいいじゃん……」

自分を励ますように口にしても、気持ちはまったく晴れなかった。

——まだ十七。

——もう十七。

十七年しか生きていないけど、もう十七年も生きてきた。いつになったらわたしは、自分のことがわかるようになるのだろうか。

「さむ……」

帰宅してサラダを食べたわたしは、風呂にも入らずベッドの中へと倒れ込んだ。どうやらそのまま眠ってしまったらしい。肌寒さを感じて目を開けば、頭までかぶっていたはずの布団がベッドの下に落ちている。

もう少し眠ろうと布団をずり上げると、ピコンとスマホが通知音を鳴らした。

こんな時間に誰だろう。寝ぼけ眼(まなこ)をこすりながらロックを解除すれば、SNSのページが現れた。

『サリ子さんへ。たまたま気が向いて描いてみた。よかったらどうぞ』

そんなコメントと、やたらと目が大きすぎるサリーちゃんの似顔絵が画面の上で微笑(ほほえ)んでいる。

上部に表示されている時刻は、午前四時。カーテンの隙間からはうっすらと白い空が見え、わたしはもう一度画面へと視線を落とした。

——待って。もしかして、夢じゃない……?

そう思ったのも無理はない。コメントの差出人が、ホイル大佐だったのだから。

わたしは勢いよく飛び起きると、何度も何度もその画面を再読込して確認をする。

こんなことは初めてだ。ホイル大佐とはコメントのやりとりこそするものの、彼はわたしをフォローしていない。つまり、わたしの投稿が彼の視界に自然と入ることはありえないのだ。だからこそ今までは、ホイル大佐が投稿したものに対してわたしがコメントをし、そこでやりとりが生まれるという形だった。

しかし、このコメントとイラストはわたしの投稿に対して送られてきたものだ。にわかには信じられなかった。だって、ホイル大佐には一万人を超えるフォロワーがいて、わたしはそのうちのひとりでしかなくて——もちろん本人は、サリ子が隣の席の花室野乃花だってことには気付いていないはずで。そんなわたしに、彼が絵を描いてくれたなんて。

ふと、彼がコメントしてくれていた自分の投稿が目に入る。

『さみしい。悲しい。虚しい。なにが正解かわからない』

もしかしたら彼はこの言葉を偶然見て、心配をしてくれたのかもしれない。よく見れば、描かれたサリーちゃんは吹き出しでなにかを言っている。小さな文字だから、拡大しないとよく見えない。人差し指と親指で広げてみればそこには——。

『明けない夜はない！』

そんな言葉が書かれていて、思わずわたしは枕に顔を埋めて泣いたのだった。

「原田くんおはよう」

今日も彼は、わたしが教室に到着したときには同じ姿勢で席に着いていた。スマホを華麗な指さばきで操っているのもいつも通りだ。

「おはよう」

一度だけ顔を上げてこちらを見てから、彼はそう返事をする。普段と同じ、朝の光景。しかし少し違うのは、原田くんが眠たそうにふわあとあくびをしたことだ。

「あの、何時に寝たの？」

思わず質問してしまうと、彼は案の定訝しげな顔をした。

「なぜだい？」

「いやあの、なんか眠そうだなあって」

朝の四時まで起きていたの？　絵を描いてくれていたの？　わたしのために。

――なんて、聞けるはずもない。

「俺だって人間だから、眠いときもあるさ」

原田くんはそっけなく言うと、また彼だけの世界に戻っていってしまった。ほっとするような、寂しいような変な気持ちだ。

小学生の頃に理科の授業でやった実験がふとよみがえる。ビーカーにお水を入れて、塩を加えぐるぐると混ぜるアレ。水の中では真っ白な世界が綺麗に広がり、水と塩はひとつになったのだと錯覚する。しかししばらくすると、溶けきれなかった塩たちは静かにビーカーの底に沈んでいく。水に受け入れてもらえずに弾かれた水底の塩。今のわたしは、まさにそんな感じだった。

隣の彼に直接お礼を伝える術を持たないわたしは、膝の上でSNSのページを開いた。

あれから何度もお礼のコメントを考えて、だけど言葉がまとまらず、結局まだなにも返せていなかった。いや、本当は直接原田くんにお礼を言いたかっただけかもしれない。その証拠に、今ならばすらすらと言葉が出てくる。

『ホイル大佐さん、ありがとうございます！　とってもかわいいサリーちゃん、すごく嬉しい。少し落ち込んでいたのですが元気になりました。このサリーちゃん、アイコンにしても大丈夫ですか？』

送信。顔の向きを変えずに、隣の様子を目だけでちらりと探ってみる。

「お」

原田くんが小さく揺れたのがわかった。そして数十秒後。ブブッとわたしのスマホが震える。

『サリ子さんのいいように使ってもらえれば』

思わず口元がにんまりとして、わたしは慌てて深呼吸をした。

ホイル大佐が、優しい。自意識過剰かもしれないけれど、この絵はやっぱりわたしを元気づけるために描いてくれたのかもしれない。夜更かしをしてまで。

もう一度そっと隣を見ると、彼の口元は小さく弧を描いている。思わずドキリと心臓が高鳴った。

しかしわたしの視線に気付いた原田くんは、すぐにいつものぶすっとした表情に戻ってしまう。

——ホイル大佐と原田くんは同じ人なのに。

——サリ子と花室野乃花は同じ人なのに。

どうしてこんなにわたしたちの関係は違うのだろう。

なにも言えないわたしは、手元の鏡で前髪を直し、その気持ちをやり過ごすしかなかった。

違う世界に住むふたり

「ねえねえ、美香（みか）ちゃんと一緒のときってある？」

ぐるりと作られた円の中心にいるわたしに、友人のひとりが上目遣いで聞いてくる。

美香ちゃんというのは、TEENROSEをはじめとする数々の雑誌で活躍するプロのモデルだ。

「あるよ、多分来週一緒だと思う」

えーっ！と周りの女の子たちがきゃっきゃと跳ねる。そのたびに、ふわふわとプチプラのコロンの香りが転がった。

「美香ちゃんにサイン、頼んでもらいたいんだけど……だめかな？」

胸の前で小さく手を組み、キラキラとした瞳でこちらを見る彼女たち。わたしはこういう頼まれ事が、一番苦手だ。あー、と口を開けたまま曖昧（あいまい）に微笑んで時間を稼ぐ。

脳裏に浮かぶのは、人形のような整った顔とスタイルを持つ、美香ちゃんの姿。睫（まつ）毛（げ）はマッチ棒をいくつも載せられるほどに長くて自然とカールしており、唇と頬は桃のようにほんのりとピンク色。くるんとした薄茶色の瞳はいつもキラキラと輝いている、ティーンモデル代表ともいえる美香ちゃん。彼女もわたしたちと同じ十七歳で有名私立高校に通っている。

「美香ちゃんって神対応なんでしょ？　街で遭遇した人がサインもらったってSNSで言ってたよ」

　そんなことをひとりが言えば、周りのみんなはさらに憧れの色を強くした。

　彼女が言う通り、美香ちゃんは本当に優しく、誰に対しても神対応であることは間違いない。

　プロのモデルさんの中には、読モと一緒の撮影は引き受けないという人もいる。しかし美香ちゃんは、そういうタイプではなかった。一緒に撮影するのが、モデルでも読モでも態度は変わらず、上から目線というようなこともない。

　きっとサインをお願いすれば快く応えてくれるとも思う。実際に、向上心の高い読モの中には、美香ちゃんへ猛烈アピールをする子も少なくなかった。彼女を通して大型企画に参加できるかもしれないという下心や、他の読モを牽制する目的でSNSに投稿される、やたらと近い距離で撮ったツーショットの写真たち。

　美香ちゃんは優しい。その優しさを利用する人たちがいることを、わたしは目の前で見てきた。だからこそ読モという立場を使って美香ちゃんに頼み事をするようなことは正直したくなかった。

「サインね。タイミングがあったら聞いてみるね！」

こんなお願いだって、今日が初めてのことではない。はっきりと断れば角が立つということは、今までの経験で学んできた。イエスでなければノーでもない。そんな当たり障りのない返事をすれば、「うんお願いね！」と彼女たちは期待に満ちた瞳でわたしを見つめたのだった。

さて、こんな会話は原田くんの真横で繰り広げられている。それでもきっと、彼にはなにひとつ聞こえていないだろう。だって原田くんは、周りにまったく興味がないのだから。もしかしたら、わたしの名前だって知らないかもしれない。そう思ったのは、五時間目の授業を受けているときのことだった。

「サ……いやあのこれ、はい」

離れた席に座る友達から回ってきた小さなメモ。コソコソと原田くんがそれをわたしの机に置いた。

「誰に回せばいいの？」

ここが経由地であると思ったわたしがそう聞けば、彼はちょっと困ったような顔をする。

「だから回さなくていいんだって。きみ宛てだから」

現実世界で、きみ、だなんて言葉を使う人を、原田くん以外にわたしは知らない。

ここで強調したいのは〝現実世界〟という部分。原田くんが愛するアニメの世界には、そういう言葉を日常的に使うキャラクターがいくらでも存在する。いや、彼はその世界で生きているんだった。

「花室だよ……」

わたしの小さなつぶやきに、え、と彼は教科書から顔を上げてこちらを見た。

「花室野乃花。わたしの名前。知っておいてくれないかな」

サリ子のことだけじゃなくて、花室野乃花のこと〝も〟知ってほしい。ホイル大佐のことだけじゃなくて、原田洋平くんのこと〝も〟知りたい。なんでこんなことを思うのか、自分でもわからない。だけど心より口が先に動いていた。

彼はじっとわたしを見つめると、小さく息を吐く。なにを言われるんだろう。突然おかしなやつだと思われたかもしれない。ドキドキと心臓が高鳴る。先生の声もチョークの音も聞こえなくて、ただただ自分の鼓動の音だけがやたらと大きく聞こえて——。そこに彼の声が重なった。

「花室さん。先生に指されてるけど気付いてる？」

問七のところだよ、と彼は教科書を指差した。

ＴＥＥＮＲＯＳＥの読モになってから、毎月最新号が自宅に届くようになった。編集者の西山さん曰く『フクリコーセー的なもの』らしいのだが実はよくわからない。

ただ、高校生にとって毎月七百円を雑誌に使うのは結構な出費なので、すごくありがたいシステムだ。

編集部で働いているのは素敵な人たちばかり。みんなおもしろくて、かっこよくて、そして優しい。

しかしそんな編集部の大人たちは、ときとして誌面上で残酷なことも企画するのだ。

例えばそう——、読モ人気投票イベントとか。

「今年もやってきたねーっ、人気投票！」

西山さんは楽しげにそう言うと、ため息をつくわたしの背中をぱんと叩く。

「のんのん、ハングリー精神大事にしてこう！　これはさ、ただの人気投票じゃないんだよ。ドラマなの！」

「わたしは今年も真ん中くらいですよ」

このイベントは、毎年春に行われる恒例企画。その名の通り、読者からの投票によって読モナンバーワンが決められるものだ。人間にランキングをつけるような非道なイベントなのに、なぜだかとても人気があり毎年異様な盛り上がりを見せている。

この期間だけはプロのモデルよりも読モにスポットライトが当たることもあり、みんなの気合いの入りようもすごい。

「とにかくさ、わたしとしてはのんのんにもっと活躍してもらいたいわけ。でもそれもさ、本人次第だから！　ほらっハングリーハングリー！」

西山さんはそう言うと、豪快に笑いながらもう一度わたしの背中をぱんぱんと叩いた。

『一位になった読モは人気モデルと一緒にファッションショーでランウェイデビュー！　お気に入りのあの子を応援しちゃおう！』

それから数日後、こんな大見出しのついた特集の中で、改めて読モたちのプロフィールが紹介された。

名前、生年月日、身長体重、出身地にSNSのアカウント。趣味や特技、好きな食べ物などなど。今後活躍するかもしれない金の卵を見つけるために芸能事務所もチェックしているという噂もあり、みんなのプロフィールには三倍増しにしたような華々しい特技や趣味が書かれていた。

ちなみにわたしはというと、趣味欄はメイク、特技欄には写経と書いておいた。

写経って知ってる？　お経を写すものなんだけど。親戚の家が大きなお寺で遊びに行くたびにしていたから、お経は諳んじることもできる。西山さんには、渋いね！と褒められたし、誰かとかぶることもなかったからこれはこれでよかったと思う。

さて、そのプロフィール紹介を皮切りに、のんのんのSNSアカウントのフォロワー数は一気に増えていった。

『のんのん大好き！　応援してます！』

『のんのんの笑顔にいつもパワーをもらっています。おしゃれも参考にしているよ』

『写経始めました』

そんなコメントやメッセージが毎日のように届く。それはとても嬉しくて刺激的なことだった。そんな日々が重なる中で、イベントに対して消極的だったわたしはいつしか、応援してくれる人たちの期待に応えたいと思うようになっていったのだ。

応援のパワーって本当にすごい。自分のことを認めてくれる人たちがいるというのは、すごく幸運なことだ。直接の知り合いというわけでもないのに。

SNSをもっともっと更新しなきゃ。おしゃれなメイクとか食べ物とか、とにかくみんなの期待に沿えるような写真をアップしよう！　そんな風に意識が変われば、今まで義務的に更新していただけのSNSが鮮やかな色を持つようになった。

いいねの数が増えると喜んで、フォロワー数のチェックも日々の日課となる。数が増えれば嬉しかったし、ひとりでも減れば自分の投稿を見返してなにがいけなかったのかなと考える。自分の名前を検索して、ポジティブな投稿があればお守りとして保存した。

クラスの子たちも、のんに投票するからねと応援してくれている。そう、これはチャンスなんだ。順位をつけるなんて非道だと思ったけれど、それを勝ち取れば大きなチャンスにもなる。だとしたら、今できることを頑張るしかない。

ダイエットにファッション、メイク。従姉妹のお姉ちゃんにねだって譲り受けたブランドもののショルダーポーチに、お小遣いを前借りして買ったハイブランドのアイシャドウ。表情の作り方にポージング。

SNSを通して、わたしは自分を売り込んでいく。そうやってひとつひとつを小さな箱の中に落とし込めば、〝のんのん〟という人間の情報は一瞬で世界中へと飛んでいった。

顔も名前も知らない人たちと電波を使ってやりとりをする。応援してもらったり、憧れていると言われたり、プラスのパワーをもらえたり。インターネットというのは本当にすごい。

気付けばサリ子のアカウントを開くのは寝る前だけになっていた。ホイル大佐とのやりとりも、三日に一度あるかないかだ。

本当は、彼に全部話したかった。今、こんなことに夢中になっていて毎日が充実しているんだと彼に知ってほしかった。だけど、ホイル大佐が知っているのはアニメが好きなサリ子であって、読モをしているのんのんではない。そのことは、いつしかわたしの中で抑えるのが難しい歯痒(はがゆ)さともなっていったのだった。

ある夜、のんのんとしての〝映え〟投稿をいつも通りに終えてアカウントを切り替えると、ホイル大佐の姿がなかった。

不思議に思い彼のアカウントに飛んでみれば、どうやら丸一日、なにも投稿をしていないようだ。そんなことはあまりない――、むしろ今まで一度もなかった。

学校での原田くんの様子を思い返してみる。別にいつもと変わったところはなかったと思う。スマホをいじってはいたけれど、SNSは開いていなかったのだろうか。

なにかあったのかな……。

急に気になり、わたしはなんの気なしに彼のアカウント名をSNS上で検索した。これは、自分の評判を見るために最近身につけた、エゴサーチという方法だ。深い意味はなかった。ホイル部隊がなにか有力な投稿をしているかもしれないと思ったという、小さなきっかけ。ところが出てきた投稿にわたしは目を見張った。

『ホイル大佐にブロックされたんだけどマジ草』

『ホイル大佐ってなんなの？　フォロワー多いから調子乗ってるのマジでウザい』

『我こそはアニメオタクみたいな顔してっけど、底辺だから。大佐とか名乗ってる時点で無理』

『あいつのせいでアニオタの質が落ちる。消え失せろ』

自分のことではないのに、唇が小さく震えるのがわかった。

悪意だらけの書き込みたち。もちろんホイル部隊による彼を讃えるものもあったけれど、それよりもこの気持ちの悪い投稿はわたしの心の中を大きく渦巻かせた。

もしかしたら彼は、これを見たのかもしれない。

心臓がどくどくして息苦しい。彼にメッセージを送ってみようか。だけど触れられたくないかもしれない。迷いながら彼のページを開くと、まさに今、ホイル大佐が新しく投稿をしたところだった。

『パスワードを思い出せなくて丸一日入れなかった。謎解きをテーマにしたパスワードはもうやめることにする』

いつも通りのホイル大佐の様子に、ふぅーっと長い息が漏れた。よかった、落ち込んで投稿しなかったわけじゃないんだ。立て続けに、もうひとつ新たな投稿が画面に現れた。

『いろいろ気遣ってコメントくれる同志もいますが、すぐにブロックしてるし全然平気なんで。ブロックすりゃ俺の目には入ってこないし、気にならんので大丈夫だからな~』

他にも彼にメッセージを送った人たちがいたんだとほっとする。やはり彼には味方がたくさんいるのだ。

前にもそういうことがあったっけ。ホイル大佐の描いたイラストに、下手くそってコメントがついていたけれど彼は言い返すでもなくいつも通りマイペースを守っていた。

きっと彼は強いのだろう。わたしが思うより、何倍も何百倍も強いのだ。

『ホイル大佐さん、お久しぶりです！　元気でしたか？　わたしはなにかとバタバタしていましたが、今夜は久しぶりに山芋侍を見てから寝ようと思います！』

なんだか彼と話したくなった。花室野乃花としてではなくサリーとして、ホイル大佐と話したくなった。

いつも隣の席にいて顔を合わせ、会話がたくさんあるわけではないけれど、わたしと原田くんは毎日挨拶くらいは交わしている。それなのに、ずいぶんとホイル大佐と話していない気がした。ふたりは同じ人なのにどうしてこんな風に思うのだろう。

『お、サリ子さん久しぶりやん！　元気ならよきことや。こっちも元気でやってまっせ』

すぐに返事が来たことが嬉しくて、ベッドの中で体を縮めた。しかしコテコテの関西弁が気になる。

『元気でよかった。いろいろあるみたいだけど、ホイル大佐さんは強いんだね』

『まあこの世界には自衛するためのツールがそろってるでな。俺が強いわけではないで』

『なるほど。それがブロックってこと？』

いつからか言葉も砕けて話せるようになってきている。

『せや。便利よな、指先ワンタップで排除できるんやから。所詮はネットの世界なんやし、見たくなきゃブロックすれば楽勝や』

『なるほど。わたしもブロックされないように気をつけなくちゃ。笑』

『よっぽどのことがなきゃ、こんだけ仲良くなった人のこと、ブロックしいひんやろ』

カシャッ。気付けばその画面をスクショしていた。

――仲良くなった人。

わたしのことを、ホイル大佐がそう言ってくれた！　バタバタとベッドの中を泳いでしまう。嬉しい嬉しい嬉しい嬉しい！　ホイル大佐がわたしのことを認めてくれた！　どうしよう！　ここは素直にそう言おう！

『今めちゃくちゃ嬉しくて泳いでる』

『いや今どこにおんねんw　てか寝ーへんの？　もうだいぶ遅いけど』

眠れるわけがない。だけどホイル大佐の言う通り。たしかに、寝不足は美容の敵だ。

『うん、そろそろ寝る！　最後にひとつ。その関西弁なに？』

『さっきまで難波（なんば）パラドックス見ててん。ほなおやすみ』

急いで難波パラドックスを検索する。どうやら難波を舞台にした切ない系恋愛もののアニメみたいだ。映画化も決定しているらしい。

「ほなおやすみ、かぁ」

ふふふと笑ったわたしは、ゆっくりと目を閉じる。まぶたの裏では、髪の毛をさらさらと揺らす原田くんが『ほなおやすみ』と笑っていた。

それを機にホイル大佐とわたしは、また頻繁にやりとりをするようになった。とうとうホイル大佐は『今さらなんだが』と言いながらサリ子のアカウントをフォローし、ふたりの距離は確実に近くなっていったのだ。

『ホイル大佐、おはよ！　今日は一時間目からテストなんだ。やだやだ』

『マジか、うちのところもだ。朝っぱらからテストとか勘弁してくれ。アニメ検定なら喜んで受けるんだが』

『問一、サリーの好きな食べ物はなんでしょうか』

『俺を誰だと？　答えシャインマスカット。問二、山芋侍シーズンスリー劇場版の劇中歌はいくつ使われているでしょうか』

『待ってめっちゃ難易度高い！』

『はいサリ子赤点。補習決定』

隣の席に座りながら、わたしたちはそんなやりとりをしている。みんなが知らない、秘密のやりとり。

――みんなが知らない、というか原田くんもサリ子の正体を知らないわけで。つまりこの状況は、本当にわたしだけが知る事実であり、そのことは少しだけ寂しくもある。

しかし、原田・花室ペアにも若干の進展はあった。……勝手にペアにしたら怒られそうだけど。

「テストやだなぁ」

そうやってリアルでも不満をこぼしたら、原田くんがスマホから顔を上げたのだ。これは彼と話すチャンスだ。

「ね、原田くんもそう思うでしょ？」

しかし彼は「別に」とそっけなく言うだけ。嘘つけ。勘弁って言ってたくせに。

「アニメのテストとかならいいのにね！」

先ほどのやりとりを思い出しながら言ってみれば、彼はわたしを冷めた目で一瞥した。

「花室さん、アニメのことなにも知らないだろ。きみには化粧検定とか流行検定とかパリピ検定とか、そういうもののほうがいいんじゃないの」

クールにそう言った彼は、また視線を手元に落としてしまった。

ちぇっ。わたしとだって、もっと弾む会話をしてくれたっていいのに。だいたいパリピ検定ってなんだ。原田くんにとってわたしは、遊んでばかりいるパーティーピーポーってこと？　もしもそうだとするならば、やっぱりそれは少し寂しい。

本当のわたしを知ってほしい。本当はそんなんじゃないのに。

――じゃあなんなの？

自分の中のもうひとりの自分がまっすぐな瞳で見つめてくる。わからない。本当のわたしなんて、自分でもよくわからない。

ブブブと手の中のスマホが震える。ホイル大佐からの返事だろうか。

『とりあえず古典のテストでよかったと思っておく。アニメ検定なら満点首席だけど、これがパリピ検定とかだったら、俺は赤点決定だから。世界が違うってこえーなwとりあえずお互いにテスト乗り切ろうぞ。グッドラック！』

『うん、一緒に頑張ろう！』

そのひと言を返すのが精いっぱいだった。

――世界が違う。

その言葉は、思っていた以上にわたしの心に重く重くのしかかっていた。

『のんのーん！　急なんだけど、今日の撮影来られない？』

日曜の朝、出かけようとメイクをしていれば、西山さんから電話がかかってきた。

今日はクラスの仲良しグループでテーマパークに行く約束をしている。

『のんのんの順位が今、投票でかなり上がってきててね。まだ結果発表は先なんだけど、来月号の特集に美香ちゃんとふたりで出てもらえないかなぁって思って』

順位が上がってきているという事実に、憧れの美香ちゃんとの撮影。これって、これって……！

「大丈夫です！　行きます！」

気付けばそう答えていた。大丈夫、みんなはきっとわかってくれる。絶対にわかってくれる。だって友達だから。いつも応援してるって言ってくれているから。

グループメッセージに今日行けなくなってしまったことと、ごめんねというスタンプを送信すると、すぐにみんなから返事が届いた。

『大丈夫だよ！　頑張ってね！』

『応援してるよ〜！』

『美香ちゃんによろしくね』

ほら、やっぱりみんなわたしのことを応援してくれている。

安心したわたしは、穿いていた動きやすいジーンズをぽいっと脱ぎ捨てた。

この間、撮影のときに買い取らせてもらった服を着ていこう。くるぶしまである長いワンピースを床に広げ、合わせる鞄とサンダルを横に並べて写真を撮る。一枚、二枚、三枚目。このアングルならいい感じ。

『今日は撮影！　頑張ります！』

のんのんで投稿すれば、ぴゅんぴゅんといいねが増えて、応援のメッセージが届く。

その中には、さっきまでやりとりしていた親友たちからの反応もあって、わたしは背筋を伸ばし家を出た。

すっきりとした青空が広がっている。今日は、撮影日和だ。


「急なスケジュールでごめんねえ！　本当助かっちゃった～！」

重たいドアを開けば、それに気付いた西山さんが小走りにこちらへとやってきた。

スタジオ内ではパシャッパシャッと眩しいストロボが焚かれていて、他の読者モデルの子たちが数人先に撮影をしていた。

あれ、美香ちゃんとふたりじゃなかったのかな。そんなことを思いながらカメラの奥を見ていれば、西山さんはわたしにだけ聞こえるように、顔を寄せて声を落とした。

「撮影自体には都合が合った子たち、何人かに来てもらってるんだけど、メインは美香ちゃんとのんのんだよ。だから来てもらう時間もちょっとずらしてあるの」

ああ、なるほど。だからあの子たちはもう撮影を始めているのか。西山さんも、読モ同士でトラブルが起きないようにと配慮しているようだ。そういう気遣いも必要なのだから、編集者の仕事も楽ではない。

「おはようございますー！」

そんなスタジオ内に、かわいらしい声が響き渡った。美香ちゃんの登場だ。

「おはようございます！」

思わず大きな声で挨拶すれば、美香ちゃんはわたしを見てふわりと笑う。

「のんのんおはよう！　そのワンピースすっごくかわいいね！　どこの？」

わたしの名前を覚えてくれている……！　感動でちょっと泣いてしまいそうになる。

美香ちゃんとはこれまでも何度か一緒に撮影に入ったことはあった。しかし、読者モデル数人と美香ちゃんというような感じで、わたしはたくさんいるうちのひとりに過ぎなかったはずだ。それなのに彼女はわたしの名前と顔を覚えていてくれたんだ。

「これ、ラグナロウのワンピースで」

感動を抑えながら彼女の問いに答えれば、「すっごく似合ってるよ〜！」と美香ちゃんはピースサインをくれた。

やっぱり神対応！　そして本当にかわいい！

よろしくお願いしまーすと、奥にいるスタッフひとりひとりにも挨拶をする美香ちゃん。そんな彼女に見惚（みと）れていれば、その後ろ姿はくるりとこちらに振り返った。

そして言ったのだ。

「のんのんって、サリーみたい」

え?と薄く口を開くと、美香ちゃんは「なんでもないよ」とやわらかく笑う。心臓はどくどくとやたらと大きく騒いでいた。

「いいね、もうちょっとふたり寄り添う感じ！　そうそう、いくよ、ちょっと顎引いて。そういいね、かわいい！」

カシャカシャカシャッと何枚もシャッターが切られていく。ストロボが瞬く中、わたしと美香ちゃんは笑顔を見せたり、ちょっと眉を寄せてみたり、両手をあげて跳んでみたり、いろいろなポーズをとる。

西山さんの言った通り、わたしたちのツーショットも多く撮られた。そんな撮影の中、やはり美香ちゃんはプロだった。そんなことは当たり前でわかりきっていたはずなのに、こうやって間近で撮影をしていれば、彼女は真剣にモデルという仕事に向き合っているということが空気だけでも伝わってきた。自然とわたしの背筋もシャンと伸びる。

美香ちゃんの隣で撮られるのだから、恥ずかしくないわたしで写りたい。ただの読者モデルだけど、ちゃんと期待に応えたい。

こんなに撮影自体を楽しいと思ったのは、そしてこれほどに全力を出し切ったのは初めてのことだ。気が付けば、あっという間に一時間が経過していた。

「のんのん、オッケーです。お疲れさまでした！」

西山さんの声で、わたしはふうと息をつく。その瞬間、先ほどまでカメラの前に立っていたシャキッとした自分が、へなへなと脳天から抜けてしまうのを感じた。

「のんのん、今日めっちゃよかったじゃん！」

「本当ですか？　嬉しい！」

西山さんはにかっと笑い、わたしの背中をぱーんと叩く。

こうやって西山さんが背中を叩いてくれると、抜けちゃった魂（たましい）もひょこっと戻ってくるような感覚がするんだ。逆も然（しか）り、だけど。

「のんのん、ちょっと話さない？」

そのタイミングで休憩に入ることとなった美香ちゃんがわたしに声をかける。

今日は本当に、なにかの神様がわたしに降りてきてくれているのかも。まさかの美香ちゃん本人からの誘いに、わたしは喜んで彼女にすすめられた椅子に腰を下ろした。

スタジオの中には撮影をするメインスペースの他に、休憩をしたりメイクをする場所が用意されている。女優ミラーと呼ばれる、ライトが縁取るようにつけられている鏡が壁側に並んでおり、その手前にはミーティングもできるよう、向かい合わせで開かれた細長いテーブルと椅子が配置されている。

テーブルの上に並べられているのは、お菓子やサンドイッチ、スムージーなど。美香ちゃんはその中のひとつ、グリーンのスムージーを手に取ると、シャカシャカとボトルを振る。

「今日の撮影、すっごい楽しかったよ！」

美香ちゃんは人懐っこい笑顔をこちらに向けると、きゅっとボトルのキャップを捻った。

「そんな、それはわたしの台詞です！　美香ちゃんと一緒に撮影ができて、すごく嬉しかったです。ありがとうございます！」

そう返せば彼女は、やわらかくふふっと笑った。なんてかわいいんだろう。本当にわたしと同じ人間なのだろうか。

「あのね、連絡先とか聞いたら迷惑かな？」

彼女の言葉に、自分の耳を疑った。あの美香ちゃんが、わたしの連絡先を？

「え……本当に？」

思わずタメ語がぽろりと落ちる。嘘なんかつかないよ、と美香ちゃんは楽しそうに笑った。

「わたしたち同い年だよね？　仲良くしてくれたら嬉しいな」

泣きたいくらいに嬉しかった。わたしなんかがいいのかな。ただの読者モデルなのに。こんなすごいモデルさんである美香ちゃんと連絡先を交換するだなんて。

だけど、これほど嬉しいことはない。

――報告したいな。

ホイル大佐は、わたしのこの幸運な出来事を一緒に喜んでくれるだろうか。

『今日ね、すごく嬉しいことがあったの。ホイル大佐はいい一日だったかな？』

『おつ。俺は今日昔のアニメを見直していた。二十年ほど前のアニメなのにまったく古い感じもしないし、世界が深い。充実した一日だった』

『なにを見たの？　わたしも見たい』

『あとでサイトのＵＲＬを送るよ。サリ子ならきっと気に入ると思う。今日はいいことがあったみたいでよかったな』

今日のホイル大佐の口調は、どこかイケメンキャラのような雰囲気を纏(まと)っている。

そう思っていれば案の定、恋愛をメインに描いた伝説的アニメのURLが送られてきた。じっくりと見たことはないけれど、母親世代が若い頃に大流行した〝恋愛のバイブル〟的なものだったらしい。

『これ、見てみたいと思ってたの。送ってくれてありがとう』

『お前がどんな姿でもわかる、って台詞があるんだけどな、男の俺でもぐっときてしまった』

『ホイル大佐もいつか使うときが来るかもしれないよ』

『そうとは微塵にも思えないがな。リア充なやつらは使うのかもしれん』

『わたしもそんなシチュエーションは縁遠いなぁ』

『なんだ、サリ子も非リア充か。俺たち同類だな』

別に嘘はついていないのに、心苦しいのはなぜだろう。サリ子の正体が花室野乃花だと知っても、彼はわたしのことを変わらずに見てくれるのだろうか。

スマホを片手に持ったまま、ベッドの上で大きく伸びをした。

ホイル大佐とサリ子の距離が縮まれば縮まるほど、原田くんとわたしの距離は離れていくように感じる。なんと返せばいいのかわからなくなったわたしは、気分を変えようとのんのんのアカウントに切り替えた。

「えっなんで……？」

思わずそんな言葉が飛び出る。なぜかって、のんのんのフォロワー数がぐんと増えていて、その上応援メッセージが通知欄を埋め尽くしていたからだ。

なにかあったっけ？　結果発表だってまだ先のはずなのに。

ドキドキしながらその流れを遡っていけば、美香ちゃんの投稿がパッと目に飛び込んできた。

『今日の撮影は、かわいいのんのんと。今度一緒に買い物行こう！』

そこに映っていたのは、ピースを作った美香ちゃんの自撮り写真。その奥には、わたしがカメラに笑顔を向ける姿がしっかりと入り込んでいる。さらに投稿にはわたしのSNSアカウントのIDまで書き込まれていた。

間違いない。ここから一気にフォロワー数が伸びたんだ。

『美香ちゃん！　投稿今気付いたよありがとう。びっくりしちゃった！』

数時間前に交換した連絡先にメッセージを入れると、美香ちゃんからもすぐに返事が返ってくる。

『こちらこそ今日はありがとう！　勝手にタグ付けしちゃってごめんね。のんの魅力、もっともっと広まれ〜！』

美香ちゃんの影響力は想像以上のものだった。その後のひと晩でフォロワー数は三倍に増え、クラスメイトからも美香ちゃんの投稿を見たという連絡がたくさん届いた。

美香ちゃんは普段、特定の誰かの名前をあげて投稿したりすることがないから余計かもしれない。恐るべし、人気モデルの影響力。

そんな彼女とはあれからずっと、メッセージのやりとりが続いている。

美香ちゃんは驚くほどに完璧な女の子だ。外見的な部分はもちろん、内面も本当に綺麗。裏表がなくて明るく、思いやりがある。こんな美香ちゃんだからこそ、誰もが憧れを抱くのだろう。

『のんは彼氏いるの?』

『いないよ～！　全然そういうのはないなあ』

女子高生のメッセージのやりとりというのは画面上で文字を使っているというだけで、普段のおしゃべりとなんら変わりはない。今日の話題は女子高生らしく恋バナだ。美香ちゃんとこんな話ができる日が来るなんて。

『じゃあ好きな人は?』

そんな質問に、わたしの脳裏にはパッとある人物が浮かび上がった。口を尖らせながらスマホをじっと見つめているさえない横顔。いやいやいや、そんなまさか、好きなんてとんでもない。たしかにホイル大佐は人として魅力的だとは思う。しかし実際の原田くんを恋愛対象として見られるかといえば、それはまったく別の話だ。

『いないよ！　美香ちゃんこそどうなの？』

『わたしはね、好きとは違うかもしれないけど、憧れてる人がいるの』

美香ちゃんに憧れられる人というのは、一体どんな人なのか。モデル事務所の先輩とかかもしれない。きっと美香ちゃんの周りには素敵な人がたくさんいるんだろう。

美香ちゃんと仲良くなってわかったのは、彼女も普通の十七歳の女の子なのだということ。もちろん、どこにでもいる女子高生などという意味ではない。それでも、わたしたちと同じようにかわいいものを見てはしゃいだり、恋バナに花を咲かせたり、くだらないことで笑ったりする一面も持っている。気付けばわたしたちは、なんでも話せるくらいの仲になっていたのだ。

そんな日々を送る中、美香ちゃんの影響もあってかオンタイムでウェブサイトに表示されているランキングはうなぎのぼり。撮影の声をかけられることは以前より頻繁になり、誌面で使われるカット数もそれに比例するように増えていった。

おしゃれだと憧れてもらえるような写真を撮って、ポジティブな発言を心がけ、笑顔でいっぱいの自撮り写真を載せて、応援してくれる人たちのコメントに丁寧に返事をする。そしてわたしはついに、人気投票コンテストで一位を獲ることができたのだ。

――だけどそれは、輝かしい毎日のスタートなんかじゃなかった。

『所詮、作り物の世界なのさ』

いつしかホイル大佐がＳＮＳへと投稿していたこの言葉。それが何度も心の中でよみがえり、その都度わたしに問いかける。

お前は一体、誰なのだ——と。

不都合な事実

「のん〜！　おめでとう！」

教室へ行けば、クラスのみんなが声をそろえて祝ってくれる。彼女たちの手には、今日発売のTEENROSE。どうやら学校に来る前にコンビニで雑誌を買ってきてくれたみたいだ。一番近くで応援してくれたみんな。彼女たちが自分のことのように喜んでくれていることが、なによりも嬉しくてほっとした。

今現在、わたしのスマホは親戚や他校にいる友人、SNSで応援してくれていた人たちからのメッセージを受信するのに大忙し。いつまでも落ち着かないため、先ほどサイレントモードにしたくらいだ。

一位になれて嬉しい。自分が認められて嬉しい。みんながわたしを受け入れてくれて嬉しい。そう思ったのは本当に最初のうちだけ。お祝いのメッセージの中、心無いものが混じっていたことに気付くのに、そう時間はかからなかった。

『なんでブスなのに一位？　体売った？』

『美香ちゃんを利用しての一位、さぞ嬉しいことでしょう』

『絶対ほのちゃんのほうがかわいいのに納得いかない』

『調子乗るなブス』

割合でいえば、全体のほんの数パーセントだ。大部分は祝福の言葉で埋め尽くされている。それでも、その数パーセントがわたしにとってはとても大きく、今までに感じたことのない恐怖が体を支配していった。

喜ばしいことだ。胸を張っていればいい。こんなの気にしなくていい。みんなの前で笑顔でいなくちゃ。そうやって気持ちを落ち着かせようと言い聞かせても、心の真ん中は太い鉄の杭で打たれたように鈍く痛み、錆臭いまま。

ポケットに入れたままの、今はなんの音も振動もさせない小さなスマホ。それを取り出すのが怖くて、わたしは小さく息を吐き出した。そのため息に気付く人は、誰もいない。

「ちょっと原田、のんはすごいんだからね？　有名モデルになったわけ。あんた、隣に座れてること光栄に思いなさいよ？」

どこかへ行っていた原田くんが席へと戻ってくると、友人のひとりが上から目線でそう言った。

あ、原田くんには知られたくなかったのに……。

ちくりと胸の奥が痛む。だってきっと彼は、わたしのことをまた〝違う世界の人間〟なんて認識するんだろうから。

原田くんは煩わしそうにこちらを見ると、「有名とかそういうの興味ないから」と言って椅子を引いた。

ちなみに、悪意がある誰かからのメッセージより、悪意のない原田くんの本心のほうが少しだけショックだったというのは、ここだけの話だ。

なにあいつ、とみんなが眉を寄せているとチャイムが鳴って、担任がガラリとドアを開けた。パラパラとみんなが自分の席へと戻っていく。

周りが落ち着いたのを見計らって、わたしはそっと隣の彼へ声をかけた。

「ごめんね、うるさくして」

「別に、花室さんが騒いでいたわけじゃない」

「でも、わたしが原因だから」

「花室さん、なんでも自分のせいって思うのやめたら？　自意識過剰じゃない？」

はいおしまい、と一限のノートを取り出した彼は、いつも通り隅っこに絵を描き始める。置いてきぼりをくらったわたしは、彼の放った言葉の真髄にただただ赤面することしかできなかった。

『サリ子は雑誌って読んだりする？』

その日の夜、ホイル大佐からコメントが届いた。最近では毎晩やりとりをしているわたしたち。

　それにしても、ホイル大佐の口から雑誌の話題が出てくるとは。これまではアニメの話題がほとんどで、たまにテストの話や学校での出来事を話すくらいだったのに。もしかしてこれは、花室野乃花に関する話が出るのかもしれない。少しは、隣の席のわたしにも関心を持ってくれたのかななんて、ドギマギしながら返事を送った。

『たまに読んだりするよ！　TEENROSEっていう雑誌はよく読むかな』

　なーにが、よく読むかな、だ。毎号欠かさず隅まで読んでいる上に誌面に載っているくせに！　自分につっこみながらも、返事を待って深呼吸する。

『あーすまんそういう雑誌じゃなくて、アニメ雑誌。今月号のアニマトリウムすげぇいいからぜひ！』

　ガクッと肩を落とすわたし。そうだよね、原田くんがたかがクラスメイトに興味を持つわけがない。やばい、これぞ自意識過剰だ。もしも原田くんが目の前にいたら、彼はあの冷ややかな目でわたしを見てくるのだろう。

　しかし、今わたしがやりとりをしているのは優しくて気さくなホイル大佐だ。気を取り直してすぐに雑誌についての返事をすることにする。

　アニマトリウムは読んだことがないけれど、明日本屋さんに行って買ってこよう。そう考えているうちに、もうひとつコメントが追加された。

『ところで、平気か？』

「――え……？」

今日のやりとりを何度も見返す。そのどれもがいつも通りのなんてことのない会話で、わたしだって普段通り絵文字をつけてコメントを返している。それなのに、どうしてホイル大佐はこんなことを聞いてきたのだろう。

ふと、すべてを話してしまいたい衝動に駆られた。自分の正体が花室野乃花だということ。読モコンテストで優勝したら、たくさんのアンチコメントをもらってしまったこと。気にしたくないのに、どうしても頭から離れてくれないこと。

だけどすべてを話すわけにはいかない。まだわたしは、ホイル大佐を失いたくないんだ。

泣きそうになった自分に驚いて、顔を上へとぐいっと向ける。こういうのを表面張力って言うんだっけ。涙は落ちずに、その代わりに天井のライトがゆらゆら揺れた。

どう返事をしようかと考えていると、またまたピコンと通知が入る。ホイル大佐はせっかちだ。

『もしもSNSでなにかあるなら、全部ブロックでいい』

しかしこれは、コメントではなくてダイレクトメッセージで送られてきたものだった。当人同士しかそのやりとりを見ることはできないため、距離感としてはかなり近しいものがある。ダイレクトメッセージで話しかけたら重いと思われるかもしれないと、わたしは勝手にそう思って今まであえて避けてきたのだ。しかしそれもまた、自意識過剰だったのかもしれない。

ホイル大佐はいつだって、わたしが越えられないものをひょいっと簡単に越えてくるのだ。

『なんでなにかあったってわかったの？』

詳しいことは話せない、話しちゃいけない。だけど彼の優しさが、素直に嬉しかった。

『なんとなく。言葉とかタイミングとかがいつもと違うと感じた』

顔を合わせているわけじゃない。声を聞いているわけでもない。それなのに、些細な変化を彼は感じ取ってくれたというのだろうか。

『ブロックしろ。それで全部解決する』

「本当に？」

『俺を信じろ』

思わず声に出してしまえば、まるでそれを聞いていたかのような言葉がそこへ続く。

ああ、これもどこかで聞いた台詞だ。ほら、やっぱり彼はきっと、アニメの中でしか聞けないような、ドラマチックな台詞を使う運命なんだ。

『ここにいるのはどうせ、みんな架空の人物だ。仮想現実でしかないということを忘れちゃいけない』

仮想現実。ホイル大佐から送られてきたその言葉にハッとした。

たしかに画面の向こうにいる相手は原田くんだけど、ホイル大佐は現実世界には存在しない。わたしだってそうだ。ここにいるサリ子なんて人間は実際には存在しない。わたしはサリ子なんかではなく、花室野乃花なのだから。

わたしなんかよりずっと長く、深く、このSNSの世界で生きてきたホイル大佐。きっと彼の言う通り、ブロックというのは見たくないものを排除する意味では正解なのだろう。しかし、困ったことにわたしが心無い言葉を受けているのは〝のんのん〟のアカウントなのだ。あそこでわたしが発言すればそれはわたし自身の言葉として世の中に発信され、あそこでわたしが誰かをブロックすれば〝ブロッカーのんのん〟というワードがインターネット上で飛び交うことは予想がついた。

なにも万人から好かれようとは思わない。そりゃあもちろん、嫌われるか好かれるかどっちがいいかと聞かれれば好かれるほうがいいに決まっている。特にわたしのように読モをしていれば、イメージというのはとても大切だ。それでも現実は理想のように甘くはない。頭でわかっていても、心がついていかないのだ。

ブロックをしろ、という言葉への返事を決められずにいれば、再び彼からメッセージが届いた。

『俺が言いたいのは、ネットだけじゃその人の全部なんか見えないってことだ。判断するには情報が少なすぎるのさ。俺のことを敵視しているやつらなんて、この世界にはウジャウジャいる。だけどサリ子みたいに仲良くしてくれる人たちもいる。そういう人がいてくれればいいって思いながら、俺は毎日楽しくネットライフを送ってる』

こんなに長いメッセージを送ることができるのも、ダイレクトメッセージならではだ。そして他の人には見られていない限られた空間だということが、彼の本音を引き出しているのかもしれない。

『わけもなく嫌いになったりするのが人間だろ。そのときの気分とかテンションとか。同じ台詞でも聞いたときの状況で流せる日もあればムカつく日もあるし。よく知らないけど嫌いってのもあるだろうし。でもそれが人間さ。それでいいじゃんと俺は思う』

つらつらと、彼の言葉は電波にのってわたしの瞳に滑り込んでくる。そしてそれらは、ヒリヒリと傷を負った心にゆっくりと染み込んでいった。

『わたしの思うようにしていいのかな……』

ブロックする道を選んでも、違う道を選んでも、ホイル大佐はこれからもそばにいてくれるのだろうか。

『当然。ここは自由な世界なんだから』

彼からそんな心強い言葉が返ってきて、わたしは息を吸い顔を上げた。もやもやと渦巻いていた雲が、綺麗に晴れ渡るような感じがする。

よし、覚悟を決めた。すべてのメッセージに、きちんと返信をしよう。

もらった言葉は、ただの悪意がすべてではないと思う。そういうことを言われるには、理由があるのかもしれない。

もしわたしが、無意識に調子に乗っていたのだとしたら？　美香ちゃんと仲良くなれて、自分でも気付かないうちにプロのモデル気取りになっていたのかもしれないし、知らぬ間に高飛車な態度をとっていたのかもしれない。

ホイル大佐は『ブロックしろ』と言ったけれど、わたしにはそれだけが解決の糸口だとは思えなかった。ちゃんと考えて自分なりの答えを出す。それこそが、話を聞いてもらったホイル大佐に対しての礼儀でもあると思う。

排除するもひとつ。

排除しないもひとつ。

正解なんてない。人それぞれ考え方も違う。ホイル大佐にとっての自衛はブロックで、わたしにとっての自衛は受け入れるという方法なのだろう。それでいいのだと思う。みんな違う人間なんだから、わかり合えないのが当たり前なんだ。違うということと、わかり合えないことを知るということ、それを受け入れるということが、解決への第一歩なのかもしれない。

彼とのメッセージを終えたあと、わたしはひとつひとつに返信をした。目を覆いたくなるような言葉にも自分の行いを見直して返信をする。

きっと前のわたしなら、すべて見えないふりをしていたかもしれない。だけど今、こうして目を開けていられるのはホイル大佐が味方でいてくれると思えるから。

もしもわたしの行動を知ったら、彼は怒るかもしれない。『馬鹿だな！　ブロックしろって言っただろ！　ブロック！』なんて。

マイナスの言葉に返信をしていくのは、想像以上に身も心も削られる思いだった。それでも、そんな風に怒るホイル大佐を想像したら、ほんのちょっと笑うことができる。けれどきっと、彼はそのあとにこうも言ってくれるのだ。

なにをするのもきみの自由だ。ここは自由な世界なのさ――と。

翌朝、いつものようにSNSを開くと、事態は思わぬ方向に動いていた。なんと、美香ちゃんのアカウントが炎上していたのだ。一体なにがあったのだろうかと投稿を遡ったところで、わたしの頭からは一気に血の気が引いていった。

『投票結果があきらかなのに、それだけじゃわからないのかな？』

これが原因となった彼女の最初の投稿。多分、わたしがいろいろと言われていることを知ったのだろう。それに対して、美香ちゃんは利用されているだけだから目を覚ましてとか、美香ちゃんにプラスになることはなにもないだとか、投票結果なんてやらせに決まっているといった言葉たちが投げられていて、彼女はひとつひとつに返事をしていた。しかも、歯に衣着せぬ言い方で。

『眠ってなんかいないよ』

『プラスマイナスで交遊関係を築くような人にはなりたくありません』

『やらせだと思う方はTEENROSE編集部までどうぞ。きちんとした結果をわたくし美香がご案内いたします』

そして、最後にこう投稿していた。

『わたしの人生なんだから、とやかく言わないでもらってもいい？　なにが真実かも知らないくせに、憶測で発言するなんて本当幼い』

ボオオオオ。山火事勃発。

その一連の流れをネットで見たわたしは、急いで美香ちゃんにメッセージを打った。どう考えてもこれはわたしが原因だ。どうしよう、彼女の名前に傷がついてしまったかもしれない。

『美香ちゃんごめんね！　わたしのせいでこんなことになっちゃって……』

そう送れば、すぐに返事が来た。どうやら美香ちゃんももう起きていたみたいだ。

まさか気に病んでしまって朝まで眠れなかったとか？　しかし彼女からの返信は実にあっけらかんとしたものだった。

『おっはよ～！　炎上モデル美香にとってこんなのはなんてことないよーん！』

炎上モデル……？　そういえば、と記憶を手繰り寄せる。わたしはSNSデビューが遅かったためあまり気にしたことがなかったけれど、美香ちゃんは炎上発言をよくするという話を聞いたことがあった。

誰に対しても神対応で優しい美香ちゃん。裏表のない彼女はSNS上で向けられた悪意に対しては真っ向から立ち向かっており、ときとしてそれは炎上という形となることが少なからずあったようだ。しかしその凛とした態度は同世代女の子たちにとっては憧れの要素のひとつにもなっているのだろう。炎上ですら、完璧な美香ちゃんを形作る一部になるのだ。

『正直、誰だかわからない相手からの誹謗中傷なんて痛くも痒くも怖くもないよ。言葉でやり合って負ける気もしない。だってあきらかにいちゃもんつけてきてるのはあっちなんだもん。嫌なら見なきゃいいだけなのにさ。嫌い嫌いって言いながら気になって見てるのはあなたでしょって思っちゃう』

さらに美香ちゃんからの言葉は続く。

『露出することが増えれば増えるほど、こういうのも増えていく。もちろん応援してくれる人も増えていくけど、純粋なプラスだけなんてありえない。のんだって、これからこういうことは避けて通れないと思う。だけど傷つく必要なんかないんだからね』

美香ちゃんは強い。わたしのそばには、美香ちゃんやホイル大佐といった強くてかっこいい人たちがいてくれる。わたしもいつか、ふたりのように強くなれるんだろうか。

『悔しかったら自分もコンテストに出て優勝してみろって話だから！』

矢継ぎ早に飛んでくる言葉たちは、まるでボクシングの軽快なフックみたいだ。そのメッセージを読んで、思わず笑ってしまう。

なんてすがしいんだろうこの子は。お人形さんのような容姿にかわいらしい声、明るい笑顔と思いやりを持っている上に強さまで持ち合わせている。こんなの、ますます憧れちゃうに決まっているじゃないか。

本当にいろいろだ。ホイル大佐みたいにブロックをして無視する人、わたしみたいに受け入れることでしか消化のできない人、美香ちゃんみたいに真正面から戦う人。

物事の解決の仕方には人それぞれの方法があって、確固とした正解なんて、きっとないのかもしれない。

「原田くんおはよう」

「おはよう花室さん」

　翌朝、教室で挨拶をすればそっけない声だけが返ってきた。今日も、彼はわたしのほうを見たりはしない。それでもわたしは、どうしても彼にお礼が言いたかった。ホイル大佐である原田くんに。

「ねえ原田くん」

「なんだい」

「ありがとう」

　彼は不意打ちを食らったかのような横顔を見せてから、ゆっくりとこちらを向いた。久しぶりに、きちんと視線が絡んだ気がする。

　彼は少し考えるようなそぶりをしたあと、ああ、と小さく頷いた。

「昨日、花室さんのせいじゃないって言ったこと？　あれは事実だからお礼を言われるようなことではないさ」

「それでもありがとう」

「大体俺、花室さんのことを自意識過剰とか言ったと思うけど」

「うん。それも含めてありがとう」

「……花室さんって変な人だね」

　原田くんは手元に視線を落としてそう言う。そして、少し笑った。

その小さな笑顔を見たときに、わたしの中である想いがぱちんと弾けてじゅわりと広がっていくのがわかった。

前から感じてはいたことだった。それでもいろいろな理由や言い訳をつけてその想いから目を逸らし続けてきたのだ。だけど、だめだ。やっぱりちゃんと、言わなきゃいけない。本当のことを知ってほしい。

そしてなにより――原田くんと、もっとたくさん話がしたい。

わたしは深呼吸をすると、スマホを取り出してサリ子のアカウントを開いた。タップするのはメッセージのアイコン。送り先はもちろん隣の彼だ。

『あのね、わたし、ホイル大佐に話したいことがあるの』

視線を動かさなくたって、隣にいる彼の動きは視界の端に捉えている。

『なにさ。藪から棒に』

原田くんは親指をさくさくと操ると、すぐにこちらへと返事を寄越した。だけど彼は、気付いていない。その電波の先にいるのが、このわたしだということに。

『わたしのことを、ちゃんと話したいなって思って』

ホイル大佐が原田くんだって、知っているよ。

『別に、今俺が知っているきみでいいじゃないか』

知ってほしい。あなたと話しているサリ子は、隣の花室野乃花なんだってことを。

『そうじゃないの。サリ子としてじゃなくて、本当のわたしのことを知ってもらいたいって思ったの』

心臓は今にも口から飛び出てしまいそう。教室内の雑踏は一切聞こえなくなって、今この場所には彼とわたしのふたりしかいないような錯覚すら覚える。

勇気を出した。強くなりたいと願った。彼の前で、隠し事をしていたくないとそう思った。

もしかしたら原田くんは、この事実を知ったら嫌がるかもしれない。わたしのことを拒み、遠ざけるかもしれない。それでも、ほんの少しの小さな期待をわたしは信じたくなっていたのだ。

サリ子とは仲がいいと言ってくれたホイル大佐。心配をしてダイレクトメールまでくれた優しさ。そしてなにより先ほどの原田くんの笑顔を見た瞬間、わたしはすべてを彼に打ち明けたくてたまらなくなったのだ。

『今、俺が知っているサリ子だけが、俺にとっては本物だから』

そんな文字が画面に現れたのと同時に、「なんだ突然……」という小さなつぶやきが耳に届いた。膝の上、わたしはぎゅっとスマホを握る。

わたしにとって、ホイル大佐はただのネット上の人物ではなくなっていた。嬉しいことを報告したくて、楽しいことを共有したくて、本当のわたし自身を知ってもらいたい相手。

わたしは少しだけ、調子に乗っていたのかもしれない。ホイル大佐だってきっと同じように思ってくれているんじゃないかって。サリ子の正体がわたしだと知ったら、現実世界でもいろいろなことを話せるような関係になれるんじゃないかって。

だけど現実はそうじゃない。ホイル大佐にとってのサリ子は仮想現実の中の存在でしかなくて、彼女が本当は誰で、どんな人間としてリアルな世界を生きているのかということには興味がない。いや、知りたくない、というほうが正しいのかもしれない。

ホイル大佐はきちんと現実世界と仮想世界の線引きをしている。そこをごちゃ混ぜにするようなことはしたくないのだ。

『そうだよね。突然変なこと言ってごめん。忘れて！』

にこにこマークの絵文字を入れて返事をするも、心の中は泣き虫マークだ。

拒まれる可能性があっても打ち明けたい。そう思っていたくせに、いざ現実を突きつけられるとそんな勇気は一瞬にして萎(しお)れてしまった。

——真実を話すことだけが正しいとは限らない。本人も知りたがっていないわけだし……。

そんな言い訳を頭の中で並べたわたしはそっと、原田くんとは逆方向へ顔の向きを変えたのだった。

バーチャルフレンズ　―原田―

所詮は作り物の世界。

所詮はインターネットの世界。

現実とそれはまったくの別物。

そうやってずっと割り切ってやってきた。

俺がネットの世界に自分のアカウントを持つようになったのは中学一年の夏。アニメについてさまざまな知識や歌マネを披露している人たちがインターネットの世界にはあふれていると、近所のアニメオタクである先輩が教えてくれたのがきっかけだ。

先輩の家に入り浸って、手取り足取りネットの歩き方を教わって、そこで生まれたのがホイル大佐。つまりホイル大佐は今年の夏で五周年を迎える。まあ今まで一度たりとも何周年記念日だなんて投稿したことはないし、今後もその予定はないのだが。

目立つことは好きではない。それは、リアルでもネットでも変わらない、俺の一貫した思いだった。

自分の思ったことや感じたことを投稿するだけ。アニメへの想いとか勝手な考察だとか、そんなものをぽいぽいと投げる壁打ちアカウントのつもりだった。それが気付けばいつの間にかフォロワーが増え、ホイル部隊と名乗る人たちが現れた。

ちなみに俺が言い出したわけではないし、そんな言葉は一度だって使ったことはない。ただ単に、俺の投稿を見てくれる人たちでコミュニティができていたというだけのことだ。俺の知らないところで。

フォロワーが増えるにつれてわけのわからない悪質なコメントも増えていったけれど、これは社会の縮図のようなものだ。分母が増えれば変なやつも紛れ込む。それでもここは便利な世界で、指先ひとつでそんなやつらを排除することができるんだ。

指先ひとつ、一秒足らずで簡単にブロックできる世界。たったそれだけで自分の世界を守ることができるし、どんなことをネットで言われていようとも正直俺の実生活にはなんの支障もきたさない。気軽で気楽、イージーな世界だ。

フォロワーがたくさんいてどんな気分かって聞かれたこともあるけれど、別にどうもこうもない。だってホイル大佐は現実世界の俺ではないし、ここでの関係だってただの仮想現実の世界に限られるものだ。

ブブッと震えるスマホを見れば、ホイル部隊隊員ナンバーワンを自称するピノッキーからのコメントが届いていた。一瞬、ある人からのメッセージかと思った俺は小さく頭を振る。馬鹿馬鹿しい。誰かからの返事を待つなんて、本来の俺ではない。

『昨日のホイル大佐の考察、実に興味深く拝見させていただきました！　みな激しく共感しておりますな』

　ピノッキーは社会人だ。年齢は知らないが、投稿を見ていれば『仕事が』などと言っているからそのくらいはわかる。俺のほうがずっと年下だということは本人も知っているはずなのに、出会ってからずっと敬語を崩さない律儀な性格だ。そもそも上下関係でもないのだから変な話ではある。

『〝ホイル大佐〟が発信したからというだけだ。一言一句違わぬものでも、別のアカウントで投稿すれば誰も見ることすらしないさ』

　たくさんの〝いいね〟がついたからってなんだって言うんだ。仮に俺が〝原田〟としてのアカウントも持っていたとして、そこでホイル大佐と同じ発言をしたとしよう。同じ人物がまるで同じ言葉を投稿しているはずなのに、ホイル大佐ではあっという間に〝いいね〟が五百つく一方、原田では何時間何日間何週間経てども反応なんかひとつもこない。

　結局はみんな、なにも見てなんかいないんだ。ホイル大佐という架空の人物のイメージをそれぞれが持っていて、そいつがなにかを言うからおもしろいと思い、興味深いと感じる。

　物事の本質だとか、その人のひととなりだとか、そういったものが見えないのがこの世界だ。それがいけないわけじゃない。俺はいろいろなことがグレーで染まる生温いこの世界が心地よくそれでいて気楽だから、こうしてホイル大佐の毎日を生きているのだ。

「のん、なにか欲しいもんないの？」

隣からは花室さんとその奥に座る鈴木の会話が聞こえてくる。

「え、突然なんで？」

「だって読モランキング一位になったんだろ？　お祝いしたいじゃん」

花室さんも鈴木もスクールカースト上位者だ。派手でうるさくて、そして自惚れている人種。

どうして付き合ってもいないのにプレゼントなんか送るのか。それをしていいのはアニメの中でだって、本当にかっこいい男に限られるのだ。……まあここがアニメの世界なら、鈴木はたしかにそれを許される部類なのだろうが。

ともだち・せいしゅん・れんあい・なやみごと諸々。そんなものは俺にとっては無縁な事柄で、欲しいと思ったことすらない。

原田洋平には友達がいない。だけど、ホイル大佐には仮想友達がたくさんいる。なにかしら投稿すれば誰かが反応してコメントをくれる。そこに本物の友情なんかなくたって、別によかった。強い寂しさを感じずに過ごせているのは、仮想友達――バーチャルフレンズがいてくれるからかもしれない。

ぺら、と手元のノートをめくれば、今までに描いてきたキャラクターたちが所狭しと並んでいる。絵心があるほうではないのは自分でもわかっているつもりだ。だけどさ、描きたいものを描くことが楽しいのであって、そこにうまい下手は関係ないと俺は思う。人の心を動かすのはいつだって、うまいものだけとは限らないだろ？

「サリ子……か」

いつだったか、彼女のために描いた手書きのサリーを指でなぞる。ただのバーチャルフレンズのひとりに過ぎなかったはずの彼女。他人になんて興味のなかった俺が、彼女のこぼした小さな悲しみに寄り添いたいと一心不乱にペンを走らせて生み出した産物だ。

あの夜俺は、会ったこともなければ名前も顔も知らないサリ子のことを描いたのだ。イラストとして見る分には、彼女の好きなキャラクターでしかない。しかし朗らかに笑うこの女の子は、会ったことはないけれど知っている、いつもやりとりをしている優しいサリ子。俺の中での彼女の姿、そのものだったのだ。

夜はきちんと睡眠をとらずにはいられない俺が、生まれて初めて明け方まで起きていた。彼女が少しでも微笑んでくれるなら。そう思ってペンを動かした。

微笑んだとしても、俺が見ることなんてできないのに。

ネットの世界と現実の世界が交わることは、決してない。少なくとも、俺のルールでは絶対にありえない。ホイル大佐が原田洋平であると知ってほしいと思ったことなんてこの五年の中で一度もないし、逆も然り。

バーチャルフレンズの実態を知りたいと思ったことだって一度もない。いや、正確には、〝なかった〟が正しい。

『あのね、わたし、ホイル大佐に話したいことがあるの』

『なにさ。藪から棒に』

『わたしのことを、ちゃんと話したいなって思って』

ツーと嫌な汗が背筋を流れ落ちた。サリ子が、この境界線を越えようとしているのかもしれない。

『別に、今俺が知っているきみでいいじゃないか』

今の俺たちの関係は、とてもいいものだと思うんだ。きみはきっと眩しくて、かわいらしくて、素敵な女の子なのだろう。

『本当のわたしのことを知ってもらいたいって思ったの』

だけどその一方で、俺はどうだ？　自分のことは嫌いなわけじゃない。むしろ、一番好きなものを大切にしていると胸を張れるくらいだ。今までで一度も、そんな自分を恥じたことなんかない。けれど——。

『今、俺が知っているサリ子だけが、俺にとっては本物だから』

俺は、逃げたのだ。サリ子の現実を知ることから。自分の本当の姿を彼女に知られることから。

バレンタインに母親以外からチョコレートをもらったことなんて一度もない。ラブレターは罰ゲームとして受け取ったことがあるくらい。アニメのキャラクターを馬鹿にされてクラスメイトを殴った黒歴史もある。

ホイル大佐である俺にはバーチャルフレンズがたくさんいて、俺の発言に興味を持ってくれる人も大勢いる。原田洋平には友達はひとりもいなくて、発言したって誰も耳を傾けない。

知りたくないんだ。知られたくないんだ。きみと俺が違う世界に住んでいるんだということを。

ここの世界にだけいれば、俺たちは同じ場所にいるんだとそう思える。

俺たちは、同じ世界を生きているはず。

――なあサリ子、そうだろう?

chapter3

偽善者の報い

　家を出る前、朝のニュースに映し出されたのは、まっすぐに伸びる水平線だった。今日は一日、すっきりと晴れた青空が広がるでしょう、という天気予報のお姉さんの声がスピーカーから流れてきて、「なんだかわたしたちみたい」と小さくつぶやいた。

　隣り合わせの海と空。だけどその両者の間には、決して交わることのない境界線がある。それはまるで、隣の席の原田くんとわたしのようで、交わりそうで交わることの許されないホイル大佐とサリ子のようだと、わたしはひとり、そんなことを感じていた。

　ホイル大佐とサリ子は変わらずにやりとりはしている。しかし、頻度は半分くらいに減り、お互いの現実世界での話題には触れないようになっていた。テストの話、学校でのちょっとした出来事など、以前は気軽に話していた内容もまったく話題に上らない。わたしのあのひと言をきっかけに、小さな歪みが生じているのは明確だった。

「言わなきゃよかったかな……」

　当たり障りのないやりとりしかできなくなったわたしたち。今日も画面の向こうではホイル大佐が朝に食べたトーストについて投稿している。以前ならばどんな投稿にもコメントができた。だけど今はそんな些細な日常が垣間見えるだけの話題にも、わたしは触れることができなくなっていたのだ。

以前原田くんに言われた〝世界が違う〟という言葉。すべてを打ち明けたいと願うわたしと、なにも知りたくないと突き放す原田くん。インターネットの世界を通してつながったはずのわたしたちの日常は、それ以上でもそれ以下でもない。仮想世界は決して、現実世界にはなってくれないのだ。少なくとも原田くんの考えでは。

それでも毎日、なにかしらの接点は作りたい。そう思いながら、わたしは日々ホイル大佐の投稿をチェックしている。

一歩間違えれば、彼はあっという間にサリ子を遠くへと追いやってしまうだろう。そのことがわかっただけでもよかったじゃないかと、最近では自分に言い聞かせるようになっていた。

『祝！　ファイヤータイペイ映画化！』

今日も彼に話しかける無難な話題がないかと目を光らせていれば、ちょうどいいタイミングで画面にホイル大佐の新しい投稿が現れた。

ファイヤータイペイとは彼が愛するアニメのひとつだ。わたしはぐっと拳を握る。この話題ならば、自然な流れでコメントができるはず！

『すごいね！　おめでとう！』
どんなに気まずくなったとしても、以前のように気軽にコメントができなくても、それでもわたしはやっぱり彼と話がしたい。どこまでならばセーフで、どこからがアウトなのか。それを見極めながら、そのギリギリのところで、わたしは彼とつながっていたいのだ。

『サンクス！』

返ってきたのはそんなシンプルなひと言。それでも返事がもらえたという小さな事実が、今のわたしにとってどれほどに大きな安心感となっているのか。そんなこと、ホイル大佐はきっと知らない。

その返信に〝いいね〟をつけて、わたしはスマホを鞄へとしまったのだった。

「のん、これ。一位おめでとう」

教室へ行くと、いつもならば遅刻ギリギリに登校してくる鈴木くんが爽やかな笑顔でなにかをこちらに差し出した。

「えっ、なに？」

「一位のお祝い。欲しいもんないって言われたから俺が選んじゃった」

たしかに鈴木くんにそのようなことを言われた記憶はある。ただの社交辞令だと思っていたのに。

　本当に受け取ってもいいのだろうかと戸惑っていると、鈴木くんはわたしの手を取り、そこに小さな包みをポンと載せた。

「受け取らないはナシな。いろいろ言うやつらがいても、俺はいつものんの味方だから」

　優しく笑った鈴木くんはそう言って、じゃあ、と仲間たちのいるほうへと行ってしまう。びっくりしてお礼を言いそびれてしまった。あとで彼が戻ってきたら、ちゃんと言わなくちゃ。

　袋から出てきたのは、今人気のコスメブランドのハンドクリームとリップクリーム。香りがいいと評判で、わたしもひとつ欲しいと思っていたものだ。さすがは鈴木くん。女子が喜ぶものをきちんとわかっている。

　彼はなにかと、わたしに気があるような言動をとることがある。だけどわたしは知っている。鈴木くんには美人な年上の彼女がいて、なにかしらの理由によりそのことを隠しており、そのカモフラージュとしてわたしと接しているのだ。――と本人から聞いたわけではないけれど、デートしているのを目撃したことがあるから間違いない。

「鈴木は花室さんに惚れているんだな」

ぼそっとそんな声が聞こえ、わたしは慌てて右隣を見た。そこにいたのはもちろん原田くんで、彼の視線はいつもの通りスマホへと向けられている。しかし彼の言葉が独り言でないことは、その声色から伝わった。

「そんなんじゃないよ」

やりとりの一部始終を原田くんは見ていたのだろう。なぜだかその事実に胸の奥がツキンと痛んだ。

原田くんのことが好きなわけではない。そんなまさか、彼と付き合いたいだとかそんなこと想像もできない。それでもなぜだか心苦しい。

「花室さんってさ」

彼はそこでやっと視線を上げた。射抜くようなその眼差しは決して好意的なものではない。

「そうやって謙遜するわりには、いつも自分のことを特別な存在だとか思ってるでしょ」

くしゃりと彼は歪めた笑顔を見せる。

「偽善者って感じがするよ」

尖ったナイフが心を突き刺した瞬間、鼻の奥がツンとするのがわかった。

偽善者——それはSNSのアンチコメントで何度も投げられてきた言葉だ。姿の見えない彼らの言葉にはたしかに傷つけられた。だけどわたしは一度もその言葉自体に泣いたことはなかった。泣いたら負けだと思ったし、涙を流すということは、自分でそれを認めてしまうことのような気がしたから。

だけど原田くんから発されたその言葉は、わたしのすべてを壊していく。彼によるものだからこそ、これほどに痛い。これほどに重い。だって彼は、本当のわたしを知らずに攻撃を繰り返す、ただのアンチなどではないのだ。

彼の言っていることは正しい。わたしはホイル大佐が原田くんだということを知っているのに、なにも知らないふりをしている。サリ子という人物がわたしであるということを隠して、彼とやりとりをしている。

だからこそ、原田くんにはその言葉を放つ権利がある。

やっぱり、本当のことを話さなければいけない。言い訳ばっかりしていたらだめだ。わたしが原田くんと向き合いたいならば、きちんと事実を伝えることがまず最初。

心はヒリヒリとした痛みを放ち、意図せずに瞳が潤んでしまう。それでも、彼ときちんと話がしたい、本当の自分を知ってほしい――。

そう覚悟を決めたわたしが小さく深呼吸をしたときだ。右手が机にぶつかったのは。

――カシャン。

机の上に置いてあったスマホが床へと落ちる。その反動で画面はパッと光を放った。

その瞬間、彼を纏う空気の色が変わるのを、わたしは肌で感じた。

「……どうして花室さんがこれを――」

彼の瞳には、光を放ったわたしのスマホのロック画面が映り込んでいる。それは、ホイル大佐がサリ子のために描いたサリーのイラスト。わたしが一番大事にしている宝物。

「はらだ、くん……」

震える声で、わたしは彼の名前を呼ぶ。原田くんは一瞬顔を苦しげに歪めたあと、ハッと鼻で笑い天を仰いだ。

「わざわざアカウントを作ってまで接触してネタ探し？　本当、花室さんって悪趣味で最低だ」

「ま、待って……」

カクカクと奥歯が鳴ってうまく言葉を紡げない。

自分からちゃんと話をしたかった。こんな形ではなく、きちんと事実を打ち明けたかった。それなのに、どういうタイミングだろう。今日に限ってスマホを出しっぱなしにしていたなんて。

「俺はこの世で、偽善者が一番嫌いだ」

そう吐き捨てた原田くんは鞄を掴むと勢いよく立ち上がり、教室から出ていった。

いつの間にか、クラス中がわたしたちのやりとりに注目していたらしい。止まってしまった教室内の時間は、彼が勢いよく閉めたドアの音を合図にまた動きだした。

「ちょっと！　のん大丈夫？　あいつにひどいこと言われた？」

「原田ってば、ただのオタクのくせに最低」

「のん泣かないで〜わたしたちがいるよ」

ただごとではない様子を察した友人たちがわたしの周りをざっと囲む。

そうじゃない。そうじゃないの。悪いのはわたしなの。

そう言いたくても、涙で言葉はうまくつなげない。クラクラとめまいがするし、涙はあふれて止まらない。走ったわけでもないのに、体中の血液がどくどくと脈を打っている。

わたしが始めた小さな嘘。あのときは、こんな未来が来るなんて思ってもみなかった。

瞳を閉じれば、ほんの数分前に見た彼の歪んだ顔がはっきりと浮かび上がる。

――ああ。原田くんを傷つけるつもりなんて、これっぽっちもなかったのに。

原田くんだけがいなくなった教室で、わたしはただただ泣きじゃくることしかできない。

結局そのあと、彼が学校へ戻ってくることはなかった。

アニメと現実はこうも違う　―原田―

なんだか頭がむしゃくしゃする。いや違う、みぞおちのあたりかな。よくわからん。よくわからんけど、なんだかどこかがむしゃくしゃする。

人生で初めて、学校をサボってしまった。けれどもう、あの場所にいたくなかった。

――サリ子が、あの花室さんだったなんて。

ぐしゃぐしゃと自らの髪の毛をかき混ぜて、やり場のない思いを蹴散らした。

サリ子が自分と同い年くらいだとは思っていたし、もしかして同じ学校に、なんてことも考えなかったわけではない。まあそんなの、それこそアニメの世界だから、ありえないだろうとは思っていたけど。それでも可能性はゼロじゃなかった。

アニメの世界だったらこうだ。ＳＮＳで出会ったふたりはそこで意気投合する。ふたりともお互いに実の姿なんか知らない。そして現実の世界でも巡り会い、近づく距離の中でなにかがおかしいと気付くんだ。共通することが多すぎるって。そしてついに、互いの正体に気付く場面がクライマックス。俺たちはすでに出会っていた。『これを人は、運命と呼ぶのさ』と、主人公が最後に言ってハッピーエンド。

だけどそのふたりは俺たちではない。俺たちのシナリオは、もっとずっと、最悪だ。

最悪な理由その一。サリ子の正体はスクールカースト上位の読者モデル花室野乃花で、ホイル大佐はスクールカースト底辺のアニメオタク原田洋平であるということ。

最悪な理由その二。ふたりは同じクラス、席が隣同士だったということ。俺の一挙一動を、彼女は物理的に一番近い距離で監視できたのだ。

最悪な理由その三。花室野乃花は、ホイル大佐が原田洋平だと知っていてずっとやりとりをしてきていたこと。

三つも重なれば、それはもうすべてにおいて最悪だと言っていい。

一体、いつ、どんなタイミングで花室さんが俺の正体を知ったのかはわからない。だけどそんなことはどうでもいい。一番の問題はここ。スクールカースト上位にいる彼女に、なにも知らなかったカースト最下位の俺は、ずっと嘲笑われてきたのだということだ。

花室さんの化けの皮はいつか剥がれるとは思っていたが、ここまで悪質だとは正直思っていなかった。いつも周りからおだてられ、持ち上げられてチヤホヤされて。それは花室さん自身に魅力があるからじゃない。彼女が読者モデルとかいう目立つことをしているからだ。有名なモデルと仲がいいから、花室さんに乗っかればなにかいいことがあるかもしれないと周りが思っているということに、本人は気付いていない。

彼女がいないところで、同じグループの女子たちが悪口を言っているだなんて、彼女は想像もしていないのだろう。まあ、その悪口だって頭の悪そうなものばかりだ。

『いつも撮影撮影って、たかが読モのくせに自慢ばっかり！』

『ダイエットとか言って、お菓子食べてるうちらにデブって言ってるようなもんだよね』

『サインひとつさえ、もらってこられないくせに。美香ちゃんと仲がいいなんて絶対勘違い』

『読者モデルなんて、ただの捨て駒なのにね』

　馬鹿みたいだ。なんでこんな低能なやつらばかりなんだろう。心の中がなんて貧しいのか。かわいそうに。こいつらも、花室さんも。

　それに比べて、アニメの世界は本当にいい。そこには救いがある。どんなキャラクターにも背景があって、悪役であってもどこかしらにきちんと物語が作られている。

　人間もそうだって思うかい？　そんなことはない。人間ってのは、もっと複雑で汚いものだ。

　だから俺は現実世界からは目を背けて生きてきた。アニメの世界、ネットの世界。

　それが俺にとってのすべてだ。

　さて、こんな時間に帰宅をすれば母親に心配をかけるだろう。そう思った俺は、学校から少し歩いたところにある、人気（ひとけ）のない図書館に逃げ込んだ。この場所独特のひんやりとした空気が、ほてった耳をしゅわりと冷やす。今日はここで時間を潰そう。ひとりでやれることなんて、山ほどあるんだ。

ポケットからスマホを取り出せば見知らぬアカウントからのダイレクトメッセージが届いている。

『花室です。本当にごめんなさい。ちゃんと説明させてほしい』

学校から駅へと向かう道すがら、サリ子のアカウントと花室さん本人が読者モデルとして登録しているアカウントのふたつをブロックした。普段自分のことをフォローしている相手のチェックなんてしていないから、彼女がフォロワー欄にいることに調べるまで気付かなかったのだ。俺としたことが、管理が甘かった。

メッセージが送られてきたアカウントは、新しいもののようだ。このために作ったのだろうか。

「馬鹿馬鹿しい」

まだ続く文面には目を通さず、ブロックのボタンをタップする。

一体どのツラを下げてメッセージを送ってきているんだろう。まさかまだ俺が騙されるとでも？　もしもそうなら、ずいぶんと馬鹿にされたものだ。

鞄の中からノートとペンケースを取り出す。こういうときは絵を描くに限る。

しかしながらページを開くと、以前彼女のためにペンを走らせたあの証拠が現れて、俺はそれをぐちゃぐちゃに黒いペンで塗り潰した。

バーチャルフレンズに肩入れは不要。そう思っていたはずなのに。それでも同時に、ネットだから、ここの世界だけだからいいだろう？　そうやって自分に言い訳を作って彼女の話を聞いたり、他のバーチャルフレンズとは違う想いを抱いていたのも事実だ。

よりにもよって、その相手が花室さんが化けたサリ子だったとは。一生の汚点だ。花室さんはきっと笑っていたんだろう。原田ごときが心配なんかしてる、とかさ。

ショックなどではなく、ひたすらな怒りだった。ただただ赤く熱い怒りが心の中で膨れ上がって、ぶわりと弾けてマグマのようにあふれてくる。そしてそれらは瞬時に外気に触れて、硬く、冷たくなっていくんだ。

「この世にブロック機能があってよかったな」

ぼそりと俺は独りごちる。

まったく便利な世の中だ。嫌いならば排除すればいい。それまでのやりとりがあったって、それは所詮バーチャルな世界での出来事だ。花室さんにはなんの思い入れもない。むしろ嫌いだ。サリ子のことも大嫌いになった。

ブブッと再びスマホが響く。

『花室です』

また新しいアカウントを作ったようだ。懲りないな、ブロックブロック。するとまた数分後に同じメッセージが違うアカウントから送られてきた。花室さんは、俺が思う何倍も何十倍も、しつこかったのだ。

今までもSNS上でこういう人がいなかったわけではない。ブロックしたあとに別のアカウントを作って、なんでブロックなんかしたんだ、自分もお前のことなんか大嫌いだった、せいせいした、わざわざブロックありがとうwなんて罵声や皮肉を投げてくるやつらもいた。もちろん指先ひとつでブロック。息をするのと同じくらい簡単だ。

だけど、こんなに何度も何度も、いくつもいくつもアカウントを変えて送られてきたのは初めてだった。根性があると言えば聞こえはいいのかもしれないが、これはただ単に異常なだけだと思う。ネットストーカー予備軍。なんにせよ、異常だ。

異常読モ。あ、語呂いいな。

明日学校に行ったら誰かと席を替わってもらおう。俺が教室を出るときにクラスはざわついていたし、花室さんは泣いていた。きっとあのあとクラスでは、俺を悪者としたストーリーが勝手にできあがったことだろう。主演・花室野乃花、演出・花室野乃花ってさ。

目立つことは嫌いなのに、彼女のせいでクラスの注目を浴びてしまった。頭が痛い。

本当にすべては花室さんのせいだ。

面倒になりSNSの通知を切った俺は、シャープペンシルを握ってノートに向かう。

そして一心不乱に紙の上で〇・五ミリの芯を滑らせ続けたのだった。

絵を描いたり歴史漫画を読み直してみたり、そう過ごしていればあっという間に一日は終わっていた。そろそろ帰宅してもいい時間だろう。

学校から家に、連絡は行ったりしていないだろうか。いや、母親からなんの連絡もないということは、来ていないということだ。家族の連絡先しか登録されていないスマホには一度も着信がない。

今日は家に帰ったら、ファンタジーボウルを見直そう。あれは一番の癒しアニメだ。

そんなことを考えながら図書館を出れば、空は目に痛いくらいの茜色に染まっていた。この時期の夕方というのはなんだか独特の匂いがして、やたらと胸が締めつけられる。小さい頃からだ。別になにを思い出すわけでもないのに、どうしてこんな気持ちになるのだろう。

そうして改札をすり抜け、駅前広場を通過したときだった。

「原田くんっ！」

大嫌いな人の声が聞こえた。

「……本当に、ごめんなさい」

泣きそうな顔をした花室さんが、そこにいた。

──花室さん、そういうとこだよ。きみのそういうところが俺は本当に──、本当に大嫌いなんだ。

こんな風に、衝動的に行動したのなんて初めてのことだ。

ひとしきり泣いて冷静さを取り戻したわたしは、とにかく謝らなければと彼にメッセージを送ろうとした。しかし、案の定とも言うべきかサリ子は——そしてのんのんまでもが彼にブロックされていたのである。

それならばと新しいアカウントを作ってメッセージを送る。するとそれはあっという間にブロックされた。わたしはまた、新たなアカウントから彼にメッセージを送る。そして再びブロックされる。そんな一連の流れを何度か繰り返し、結局根負けしたのはわたしのほうだった。だけどわたしには、自分でも思ってもいないほどの度胸……いや、原田くんへの執着心があったのだ。

「原田くんっ！」

オレンジ色の夕陽が改札から吐き出される人々の影を伸ばす。暗くなってしまって顔なんてよく見えないのに、シルエットだけで彼だとわかったのはなぜなのだろう。

「こんなところにまで……」

ここは原田くんの家の最寄駅。クラスに彼と同じ中学出身の子がいたからその子に教えてもらった。住所まではわからなかったし会える確証なんかはなかったけれど、わたしはここでじっと、彼が来るのを待っていたのだ。

原田くんはあからさまに嫌そうな顔をしていた。当たり前だ、こんな風に待ち伏せされれば誰だっていい気はしないだろう。だけど原田くんにも少しは非があると思う。謝ろうとしているのに、すべてをシャットアウトしたのだから。

立ち止まるわたしたちの脇を、たくさんの人々が通り過ぎていく。

スマホでなにか必死に話しながら足早に人混みをすり抜けるスーツ姿のサラリーマン。やわらかな表情で赤ちゃんに声をかけるベビーカーの女性。手をつなぎ幸せそうな恋人たち。杖をつきながら改札に向かうおばあちゃん。みんなそれぞれに生活があって、それぞれの人生を生きている。幸せそうに見えるこの人たちも、いろいろな悩みを抱えていたり、経験してきたりしたのだろうか。

今のわたしの悩みなんて、大したことではないのかもしれない。いつか大人になったときに、こんなこともあったなあなんて懐かしむことができるくらいのことかもしれない。それでも今のわたしにとって、この瞬間は地球が終わりを迎えるのと同じくらいに重大なものであることも事実なのだ。

「あのね、原田くん」

「話すことはなにもないけど」

「わたしはあるの」

「俺はない」

ふいと逸らされる視線。わたしからの矢印は彼に向かっているのに、彼はそれを綺麗にかわすように、前を通り過ぎた。柔軟剤の香りが舞う。

くじけるなわたし。ちゃんと謝るんだ。ここまで来た。負けちゃいけない。

「ごめんなさい!」

彼の背中に向かって精いっぱいの謝罪の気持ちを込め、頭を下げる。ざわざわと周りの喧騒がひとつ遠くに聞こえたけれど、そんなのはもうどうでもよかった。気持ちをちゃんと伝えなきゃいけない。きちんと謝らなきゃいけない。

それでも彼の歩みは止まることを知らない。

「ごめんなさい!」

もう一度。それはもう、半分悲鳴に近かったかもしれない。

お願い原田くん、行かないで。

それでも背中は遠ざかり、わたしは走って追いかける。自分でも不思議だった。なんでこんなに必死になっているのだろう。こんな人、放っておけばいいのに。謝罪すら受け入れてくれない人なのに。

それなのに、どうしてわたしは傷つくのを覚悟してまで追いかけるのだろう。

上がった息が「はぁっ」と揺れたとき、指先がやっと彼のリュックについたキーホルダーに届いた。わたしはリュックごと思い切り掴むと、それをぐいっと手前に引っ張る。「うわっ」と言いながら仰け反った原田くんは、そこでやっと足を止めた。それから心底嫌そうな顔をして振り返る。

「花室さん、しつこいよ」

「原田くん、本当にごめんなさい。ずっと黙っていて本当にごめんなさい」

「金輪際、俺に関わらないでくれ」

かけられたことのない言葉たちにひるみそうになる。だけどわたしの震える手は、それでもリュックを離さなかった。

「ずいぶんと楽しめたんじゃないかい。インセンティブをもらいたいところだけど、それは勘弁してあげるさ」

原田くんは前を向いてそんなことを言うと、ぶんと体ごと大きく揺らしてわたしの手を振り落とし前へ進んだ。

その瞬間、カッと頭に血が上るのがわかった。

「逃げるな！　原田洋平！」

気付けばわたしは大声で怒鳴っていた。大きな道の、真ん中で。人目も気にせず、わたしは叫んでいたのだ。

「……逃げ……？」

あきらかに怒りを含んだ声がその背中から発される。

ごくりと覚悟を決めて、わたしは「そうだよ」と震えないように声を絞り出した。

少しの間その背中はぴくりともせず、そのあとゆっくりとこちらを振り向いた。

その顔を見て、胸のあたりがひやりとした。この人、こんなに怖い顔をするんだ。

「誰が逃げてるって言いたいわけ？　まさかとは思うけど、俺がきみから逃げているとでも？」

ウッと一歩下がりそうになった踵に全体重をかける。

ここで引いたらだめだ。ちゃんと話さないと。やっとこっちを見てくれたのだから。

「そう。原田くんはわたしから逃げてるし、ホイル大佐はサリ子から逃げてる」

学校を早退してアカウントをブロックし、話しかければ無視をして。こんなの逃げている以外のなにものでもない。ホイル大佐という名前を聞いた彼の眉は、ぴくりと吊り上がった。

「その名で気安く呼ぶな」

静かな、だけど怒りをどうにか抑えている声。

わたしだって、わかっている。原田くんにとって、ホイル大佐がどれほどに大切か。

だけど、わたしにとっても、サリ子にとっても、ホイル大佐は大切な存在なんだ。

「ブロックなんかしたって、意味がないと思わない？」

「今まではそれでうまく排除してこれた」

「その中には、本当にホイル大佐を好きだった人がいたかもしれないのに？」

「そんなのいるわけがない」

「どうして言い切れるの？」

彼はふんと鼻で笑う。すべてを見てきた、世間はこんなものさと嘲笑うような表情だ。

「所詮はネットの世界だと言ったじゃないか。すべてはただの作り物。そんな中での言葉や発言、関係だって全部偽物に決まっている」

「リアルだよ！　ちゃんと生きてる！」

わたしは必死だった。なにをそんなに必死になっているのかわからないけれど、彼になにかを伝えなきゃと必死だった。

偽物なんかじゃない。作り物なんかじゃない。たしかにネットの世界はバーチャルかもしれない。だけどその先には生きている生身の人間がいるのだ。言葉だって気持ちだって、それは本物だ。だからこそ、わたしの心はこんなにも痛い。

「傷つくよ！　何度も何度もブロックされたら傷つくし、こうやって会いに来ても話も聞いてもらえなくて、意地悪な言葉ばかり言われたらわたしだって傷つくよ！」

そうやって心の叫びをそのまま言葉にしても、彼の軽蔑するような視線が揺らぐことはない。

「俺を騙して嘲笑っていたくせに、自分のことは棚に上げて俺を批判するの？　そういうところだよ、花室さん」

どこか愉快げに言い返されて、ぐっと言葉に詰まってしまう。

彼の言う通り、もとはといえば、わたしに原因がある。しかしわたしは、彼の言葉に妙な違和感を覚えていた。

「ちょっと待って。嘲笑っていた、ってどういうこと？」

どうしてわたしが彼を嘲笑わなければならないのだろう。わたしの心は、いつだってホイル大佐の存在に救われていたというのに。

すると彼は、呆れたというように乾いた笑いを吐き捨てた。

「きみが学校ではどういう立ち位置で、俺がどの場所にいるかということくらい、自分でも理解しているさ。さぞ滑稽だったろうね」

そのときにやっとわたしは、彼の頭の中でどのような図ができあがっているのかを理解したのだ。

「俺のＳＮＳを見つけて私生活を覗き見てさ。偽名を使って近づいて、散々甘い言葉や偽物の弱い部分を見せつけて。そうやって人の心を揺さぶって楽しんでいたんだろう？　本当に、スクールカースト上位のきみたちって悪趣味だな」

違う――。違う、そんなんじゃない。わたしは、本当にホイル大佐に癒されて、元気をもらっていた。サリ子は、わたしがわたしでいられる場所だった。周りの目を気にせず、イメージなんて考えず、自分らしくいられる場所。そしてホイル大佐は、そんなわたしの唯一の友達だったのだ。

しかし彼の想いを知った今、この出来事がどれほどに彼を傷つけ苦しめたかを知った今、わたしはひどく打ちのめされていた。違うと言えばいいのかもしれない。だけどどうやったら信じてもらえるのか、その答えがわからない。わたしがなにを言っても、泣いて訴えても、犯した過ちはなくならないのだ。

「そんなんじゃない……」

小さな声でそう言うのが精いっぱいだ。悲しくて、悔しくて、だけど悪いのは自分だからなにも言えなくて。ぱた、と揺れるスカートに涙が一粒転がり落ちた。

「モデルって演技もうまいんだね」

彼は、なんて意地悪なのだろうか。馬鹿じゃないの。演技がうまいのは女優でしょう。

「これからも、わたしを拒み続けるの？」

そう聞けば、当然じゃないか、と原田くんは笑う。嫌な笑顔。意地の悪い笑顔。憎しみの笑顔。原田くんの笑顔はいつもわたしの心をあたたかくしてくれたはずなのに。

今までに見たことのないその表情に、胸はぎゅうぎゅうと締めつけられていく。

「何度だってブロックするし、何度だって無視をするさ」

きっと彼は、変わらない。なにを言ったとしても、なにも言わなくても。

わたしは泣き顔を隠しもせずに顔を上げて彼を見据えた。

「原田くんは……」

彼は相変わらず軽蔑するようにわたしを見ている。

「ううん、ホイル大佐は本質をきちんと見てくれる人じゃなかったの……？」

わたしが知っているホイル大佐は、あたたかくて優しくて、本物のわたしを見てくれていたはずだ。それが一瞬にして、わたしを敵視するなんて。

しかし彼はまた鼻で笑う。

「俺だってサリ子がまさか花室さんだったなんて、しかもここまで性格が歪んでいるだなんて知らなかったさ」

勝ち誇った表情で一番嫌なところを真正面からついてくる原田くんからは、もはやホイル大佐の面影は感じられない。

「ホイル大佐ではなくて、原田くんにひとつだけ言わせてほしい」

それでもわたしは伝えたかった。強い劣等感と周りへの不信感を抱え孤独な世界に引きこもってしまった彼に、どうしても伝えたかった。

逃げないで、向き合って。逃げないで、あなたの周りの人間から。あなたと向き合いたいと思っている、わたしから。

目の前の原田くんは、さらに険しい顔をしてわたしを見ている。まるで嫌いな虫でも見るかのように。

「きみの話を聞くつもりも時間もない。俺がどうしようときみには関係ないだろ」

たしかにその通りなんだろう。彼がひとりでいようといまいと、わたしには関係のないことだ。それなのにどうしてこんなに固執してしまうのか。

自分で自分に問いかける。もしもホイル大佐が原田くんではない誰かだったならば、きっとすべてを簡単に諦めていただろう。こんな風に必死に追いかけたりしなかった。

それじゃあ、どうしてこんなことをしているのかって、そんなのは——。

「原田くんだからだよ」

そう。原田くんだからだ。

「原田くんのことが、人として好きだからそう思うの」

生まれてこの方、誰かに告白なんてしたことはない。人として、なんて言葉をわざわざ入れたのは無意識に生じた花室野乃花の防衛本能だったのかもしれない。

むかつく。腹が立つ。こんなに意地悪な原田くんに、どうして本音を言わなきゃいけないの。

むかつく。腹が立つ。だけど――、好きなんだ。

原田くんはすっと無表情になると、空を一度仰いでから口を開いた。

「花室さん。きみのそういうところが、俺は本当に大嫌いなんだ」

季節外れの転校生

記憶が抜け落ちる、ということは実際にあるらしい。あのあと、どうやって家に帰ったのか覚えていなかった。

彼が放った言葉は、〝嫌い〟ではなくて〝大嫌い〟。そんな言葉を面と向かって投げつけられたのなんて、十七年間生きてきて初めてのことだ。

この数カ月でいろいろなことを経験してきた。たくさんの人に応援され、支えられ、それと同時に心無い言葉をいくつも受けた。言葉の持つパワーはよくも悪くも強いものだとわたしは学んだはずだった。

しかし、今日の原田くんの言葉は今までの誹謗中傷などとは比べ物にならないほどにわたしの心を抉った。わたしはずっと、知らなかったのだ。好意を持つ相手から直接向けられる、悪意というものの恐ろしさを。

その後、わたしは熱を出して三日間寝込むことになった。熱が下がった頃には土曜日と日曜日がやってきたため学校にもしばらく行けず、部屋にこもって時計の針が進むのをじりじりと眺めて過ごす。

心配してくれた親友たちとのメッセージのやりとりも、返事は日に日にその数を減らし週末には一件も届かなくなったし、撮影だって一度キャンセルをしてしまった。一緒に撮影するはずだった美香ちゃんからは『早く元気になって。待ってるからね』とメッセージが入っていた。

そんな一週間弱、わたしは眠りにつくたびに夢を見た。同じ夢を、何度も何度も。それはいつも巨大な迷路が舞台だ。たったひとり、うろうろとさまよっているわたしがいる。青とグレーが混じった上空では、びりびりと電気を含む雷雲が我先にと競い合う。自分の身長よりもずっと高い壁をつたいながら右へ行けば美香ちゃんが現れて、行き止まりだよと眉を下げる。左に行けばクラスメイトたちが大きなパフェを食べながら、ブッブーとわたしに両手でばつを見せる。それならばと直進すれば、原田くんがじろりとわたしをにらんでこう言うのだ。

『花室さんが、大嫌いだ』

苦しくなってくるりと背を向け走っていけば、今度はスマホを耳に当てた西山さんがシッシというように手の甲でわたしをはらった。

ぐるぐる回る。迷路の中を。

ぐるぐる回る。絵の具が混ざった水みたいに、空は変な色になる。

いつもそこで目が覚めた。体調不良のせいなのか、ぐっしょりと汗がにじんだ手のひらを見つめたあと、夢だとわかって息を吐き出す。

スマホを見れば一件も通知は入っておらず、わたしはそれを枕の下へと押し込んでまぶたを閉じる。そんなことを延々と繰り返した。

「平熱……だ」

ピピッと鳴った体温計に表示された数字を確認して、わたしは小さく息を吐いた。

すっかり熱も下がった月曜日の朝。こんなに学校を休んだのは久しぶりで、体調のほうは元通りだというのに心なしか緊張感が体を包んでいた。

そういえば小学生のとき、インフルエンザで長い間学校を休んだまま登校拒否になってしまったクラスメイトがいた。あのときはどうしてだろうと不思議に思っていたけれど、今はなんとなくわかる気がする。

「野乃花〜、熱ないんなら起きなさ〜い」

一階からお母さんの声が響き、わたしはえいやと体を起こしたのだった。

いつもの通学路。見慣れた制服に歩き慣れた道。学校が近づくにつれ、どきんどきんと心臓は大きく揺れて息苦しくなる。

それはもちろん、大嫌いと言われた原田くんにまた会うこと、それから久しぶりにクラスメイトと顔を合わせることが理由だと思う。

前者は置いておいても、クラスメイトとのことはただの杞憂だ。わたしは何日か休んでいただけで、みんなと一緒に過ごしてきた時間のほうがずっと長い。親友たちも心配してくれていたし、後半は返事をさせるのも悪いからなどと気を遣って連絡をしてこなかったのかもしれない。

そんなことを考えていればあっという間に教室の前に到着。ふぅ、と小さく深呼吸をする。

――うん、大丈夫。

ガラリ。引き戸を開ければ、そこにはいつも通りの教室が広がっていた。

「のん！　熱下がってよかった～！　大変だったな」

最初にわたしを見つけてくれたのは、窓際で仲間たちと話していた鈴木くん。彼はクラスの中で唯一、一日も欠かさず連絡をくれていた人だった。

「ありがとう、心配かけてごめんね」

そう言いながら隣へとやってきた鈴木くんに違和感を覚える。だって彼は、実に自然な様子で原田くんの席に座ったのだから。

「えっと……」

戸惑ったわたしの様子を見た彼は、ああ、と笑顔で頷くと説明を始めた。

わたしが休んだ初日、原田くんは一番前の席――それはつまり、ここから一番遠い席だ——に移動したいと先生に言ったそうだ。最前列なんて誰もが嫌に決まっている。彼の要望は簡単に聞き入れられ、それまで最前列にいた川村くんという男の子が原田くんと席を替わることになったということだった。

「そんでさ、だったら俺がのんの本当の隣の席になりたいなーってことで、川村と替わってもらったってわけ」

嬉々とした表情で話す鈴木くん。しかしわたしの意識は、遥か向こうで背中を丸めて絵を描いているのであろう原田くんの後ろ姿へと向かっていた。

わたしを拒み続けると言った原田くん。わたしの隣の席から離れることを選んだのは、実に彼らしい選択だ。そう言い聞かせるもずきりと胸のあたりは痛み、わたしはゆっくりと視線を逸らした。

この毎日に慣れていかなきゃいけない。いや、むしろ前は原田くんがどこにいようと関係がなかったじゃないか。前に戻る、たったそれだけのことだ。

——と、普段ならば登校と同時に声をかけてくる親友たちが教室にひとりもいないことに気が付いた。この時間はいつもみんなでおしゃべりを楽しんでいたはず。それなのに、みんなはどこにいるんだろう。購買？　もしかしてわたしが久しぶりに学校に来たからサプライズを用意してくれてるとか？

廊下に出て様子を見てこようかと立ち上がったときだ。

「のーんーっ！」

聞き覚えのある、しかしここで聞くはずのない声が廊下のほうからわたしの名前を呼んだ。

そこにいたのは、わたしの親友らに囲まれながらこちらに手を振る美香ちゃんだったのだ。

「えっ、美香ちゃん⁉」

キラキラとホログラムがその空間だけ舞っているようで、それはどこかスノードームを彷彿させる。日常的な景色の中、そこだけくっきりとした色彩を持つように教室に入ってきた美香ちゃんは、ぐるりと周りを囲む輪を抜け出してわたしに抱きついた。

ふわりと甘いコロンの香りが鼻先で転がる。

「もう大丈夫なの？　本当心配したんだからね！」

眉を下げる美香ちゃんも、やっぱりかわいい。もう大丈夫だよと頷きかけて、いやいやいやとわたしは一歩、体を引いた。

どうして美香ちゃんがここにいるのだろうか。ロケかなにか——ではなさそうだ。

「なんで美香ちゃんがうちの学校にいるの？」

改めて見れば、彼女はきちんとわたしと同じ制服を着ているではないか。美香ちゃんはふふっと肩を揺らして無邪気に笑った。

―サプライズ！　転校生ですっ！」

美香ちゃんの家は都心から少し離れたところにある。スタジオまで片道二時間半かかるというのは仲良くなってすぐの頃、彼女が話してくれたことだ。大変だけどまだ独り暮らしはできないしとよくこぼしていて、人気モデルにも悩みがあるのだなと思ったのを覚えている。

さらに、美香ちゃんの通っていた高校は地域でも名の知れた進学校で、彼女の芸能活動に対して難色を示していたそうだ。そんなタイミングで美香ちゃんのお母さんの職場が変わることとなり、家族で引っ越すという運びになったということだった。

「ここに決めたのは、芸能活動や課外活動にも寛容だって聞いたから。でも一番の決め手は、のんが通ってる学校だったからだよ！」

美香ちゃんはそう言うと、眩しいくらいの笑顔を向ける。それから「クラスまでは同じになれなかったけど」と、ちょっとだけ唇を尖らせた。

同じ制服を着て、同じ学校に通って、いつでも会えてたくさん話せる。憧れだった美香ちゃんと、こんな風に仲良くなれる日が来るなんて思ってもみなかった。

「転校初日にサプラーイズってこのクラスに来たらさ、のん休みだって言うんだもん！　早く来ないかなって毎日毎日覗きに来てたんだよ？」

ねー？と彼女が同意を求め、それに応えるのはわたしの親友たち。美香ちゃんに憧れて、サインが欲しいといつも言っていた彼女たち。

そうこうしているうちにチャイムが鳴り、美香ちゃんは不満そうにしながらも隣のクラスへと帰っていった。

途端に戻る、今までと同じ教室の風景。美香ちゃんを取り囲んでいた親友たちは、わたしをじろりと一瞥するとそれぞれ席へと歩いていく。彼女たちの鋭い視線が自分から外された今、やっとわたしは深い安堵(あんど)の息を吐き出すことができた。

一瞬でわかってしまった。わたしが休んでいた数日間に、大きな大きな変化が起きたのだということが。

ひとつは美香ちゃんの転校。そして——。

「誰もわたしに話しかけてこなかった……」

ぽつりとこぼしても、誰もそれを拾い上げたりはしない。かつての親友たちは、わたしに背中を向けることを決めたのだ。

変化は、火を見るよりもあきらかだった。

休み時間が来るたびにわたしの周りを囲っていた彼女たちは、チャイムが鳴ると同時にきゃっきゃと声をあげながら隣のクラスへと向かう。毎日のようにわたしを誘っていた放課後には美香ちゃんの周りに集まり、プリクラを撮りに行こうだとかスイーツを食べに行こうと声をかける。スイーツはちょっと、と彼女が言えば、やれカラオケはどうだとか、やれスムージーのお店があるよなどと颯爽と提示される代替え案。そして美香ちゃんが『のんと約束しているから』と言えば、そっかぁと彼女には残念そうな笑顔を向け、そのあとにこっそりとわたしをにらむのだ。

誰になにを言われたわけじゃない。原田くんのように、大嫌いと言われたわけでもない。それでも人の気持ちというものの軽薄さにわたしの心は毎日揺られ、倒れる寸前のところをどうにか保っている状態だった。

きっとみんなは、わたしのことが好きなわけではなかったのだ。わたしと仲良くしていたのは、美香ちゃんのサインが欲しいとか、もしかしたらなにかいいことがあるかもしれないとか、そういう期待をしていたからだ。

みんなが仲良くなりたかったのは、花室野乃花自身ではない。読者モデルをしている花室野乃花だったんだ。

そんなことに今さらながら気付くなんて、本当に馬鹿みたいだ。

最初こそ読者モデルという肩書きはみんなにとってキラキラ輝いて見えていたのかもしれない。しかし、同じ学校に本物のモデルである美香ちゃんが転入してきたとなれば話は変わってくる。わたしなんかを経由しなくたって直接美香ちゃんと話せる。サインをもらえる。遊びに行けるし仲良くなれる。

読モでしかないのわたしのことは、ＴＥＥＮＲＯＳＥの読者ですらどれほど認知してくれているかは怪しい。一方で美香ちゃんはティーンモデルの星だ。そんな彼女が身近に現れたら、誰もが近付きたいと願うのは当然のこと。だけどその結果がわたしを遠ざけることになるという理屈は、いまいち腑に落ちなかった。

――十代とは、とても繊細で軽薄な愛おしい時期。

以前西山さんが口にしていたそんな言葉を思い出す。

大人である西山さんは、こういうこともこの年代特有のものだと言いたかったのかもしれないけれど、そんなのは納得できないのが本音だ。

何歳であっても、人を傷つけていいわけがない。若かろうが年を重ねようが、自分の意見をきちんと持つべきだと思う。

みんなが好きならば自分も好き。

みんなが嫌いならば自分も嫌い。

そんなの、自分がないのと同じじゃないか。

――とまあ、こんな風にわたしが自分の正義を心の中で語ったところで、他人の気持ちを変えることはできないのだけど。

クラスの中でもカースト上位だった親友たちがわたしを遠ざければ他の子たちもなんとなくそれに倣うように敬遠し、あっという間にわたしはクラスで孤立していった。

それはもうおもしろいほどにあきらかに——気付けばわたしは、空気と同じ存在になったのだった。

本当のわたし

「うん、あまーい!」

ある昼休み、青く広がる空の下でわたしはお弁当箱を広げていた。口に入れたのは赤くて甘いミニトマト。お母さんがいつも吟味して買ってきてくれるものだ。

入学してからずっと、お昼休みをひとりで過ごしたことなんてなかった。それが今ではひとりで過ごすことが当たり前になってしまったのだから、人生なにが起こるかわからないものだ。なんて、大げさに聞こえるだろうか。

この場所は、わたしの最近のお気に入り。中庭と言えば聞こえはいいが、たまたまできてしまった空間を無理やりにそう呼ばせたような場所なので、狭いし人気はほとんどない。しかしそれは、今のわたしにとってはかえって好都合だった。ひとりきりでお弁当を食べている寂しい人だなんて、同情されたくはない。そんなことは、わたしの中に残った小さなプライドが許さなかった。

今日のお弁当は、わたしが大好きなから揚げ弁当。サラダ弁当をやめると言ったとき、お母さんは本当にほっとしたような表情をしていた。それから毎朝、張り切っておいしいお弁当を作ってくれている。

ひとりで食べるお弁当。おいしいのに、大好物ばかりなのに、どうしてこんなにも味気なく感じてしまうのだろう。なんて、その答えはあきらかだ。

「ひとりってつまんないな……」

そうつぶやくと、いつもひとりきりで過ごしている彼のことが思い浮かんだ。

わたしたちがわいわいとお昼を食べるその横で、誰と話すでもなくひとりきりでお弁当を食べていた原田くん。彼はいつもお母さんの作ったキャラ弁の写真を撮り、なんとも幸せそうにそれを食べていたのだ。

改めて思う。彼は強い。その強さに、わたしは惹かれていたのかもしれない。

駅での一件以来、原田くんとはひと言も話していないし、目も合っていない。サリ子のSNSは再びフォロワー数がゼロとなり、なにを吐き出しても誰にも届かない空間になっていた。まるでこの高い空のようだなとふと思う。

小さい頃、うっかり手放した風船が空へと高く舞い上がってしまったことがあった。あの赤い風船は一体どこまで飛んでいって、そしてどうなったのだろうか。誰も知ることはない。

『小さい頃に飛んでいった風船は今頃どうしているのかな』

雲ひとつない青空の写真を撮って、そんなポエムのようなひと言とともに投稿する。誰にも届かないからこそ、なんの意味も持たないからこそ、言葉や写真を投じることができる。空っぽな自分自身をいつかの風船にくくりつけ、一緒に空へと放つように。

ふぅ、と小さな息を吐き出したところでスマホが小さく揺れた。確認すれば、つい今投稿した写真に新たなコメントがついている。

誰にも見られていないと思っていたのに、一体誰が——？

『綺麗な写真と言葉ですね。この写真はサリ子さんが撮影したものですか？』

コメントをしてきたアカウント名は〝ぴかりん〟。初めて目にする名前だ。不審に思ってプロフィールページに飛んでみる。

【ぴかりん】SNS初心者の女子高生。毎日のどうでもいいこと、かわいいもの。料理勉強中！

アイコンは彩りが綺麗なかわいらしいお弁当だ。彼女がフォローしているアカウントは料理家さんやお弁当をたくさん載せているものばかり。どうやら怪しい人ではなさそうだ。

こうして知らない人からメッセージやコメントをもらうと、その相手をざっとリサーチする癖がついてしまった。というのも、のんのんのアカウントにはたくさんの誹謗中傷がいわゆる〝使い捨てアカウント〟から送られてきているからだ。

しかしこの〝ぴかりん〟はそういう感じではなさそう。投稿も自身のお弁当や色とりどりの綿あめ、ふわふわのユニコーンのぬいぐるみなどでとてもかわいらしい。

ほっとしたわたしは深呼吸をしてから返事を打つ。

『はじめまして、コメントありがとうございます。スマホクオリティですが、なかなか綺麗に撮れたなと思っています！』

誰かとこうしてコメントのやりとりをするのは久しぶりだ。ほんの少し、心が躍った。

何度か読み返して送信。すると三十秒くらいで返事が来る。彼女もちょうど今、ページを開いていたのかもしれない。

『お返事ありがとうございます！　すごく綺麗な写真で見惚れてしまいました。もしよかったら、またコメントさせてもらっても大丈夫ですか？』

『もちろんです！　プロフィール見させてもらいましたが、同じ歳だと思います。ぜひこれからよろしくお願いします』

かわいい絵文字がたくさんのコメントに、わたしも絵文字をふんだんに詰め込んで返事をした。

自然と顔がほころんでしまう。ＳＮＳでの短いやりとり。だけどそんな彼女からのコメントは、色のないわたしの日常を小さな灯で照らしてくれた。

顔も知らない、どこに住んでいるのかもわからない、そんな見知らぬ誰かなのに。

SNS上での頻繁なやりとりなんてホイル大佐としかしたことがなかったため、世間一般の言う〝普通〟がどんなものなのかはわからない。例えばどのくらいで返信が来るのかとか、一日に何回くらいやりとりをするのかとか、そういったことだ。

もし自分の接してきた相手を基準とするならば、リプライは一分以内。やりとりは相当頻繁、というのが〝普通〟ということになる。

わたしの新しい友達、ぴかりんはホイル大佐もびっくりするほどに返事が早かった。

不思議に思って聞いてみたら、授業中以外はいつもスマホを手放さないらしい。

休み時間は特に早い。というわたしも負けてはいない。まあ、いつもひとりで休み時間を過ごしているからなんだけど。

今のわたしが友達と呼べる相手は隣のクラスの美香ちゃんと、なにかと声をかけてくれる鈴木くん。そしてこのスマホだけだ。

こうしてぴかりんとわたしは、あっという間に心の距離を縮めていったのだった。

『早く土日にならないかなー』

『サリ子ってば気が早すぎ！　まだ月曜だけど。笑』

ぴかりんがどこに住んでいるのかはわからないし、個人情報がわかるようなやりととりはしていない。それでも彼女は、わたしにとって一番心の距離が近い友達となっていた。だからこんな風に、誰にも言えないもやもやとした気持ちも吐き出せる。

『学校が毎日休みだったらいいのになあって』

『どうして？』

『わたしがいなくても誰も気付かないだろうし』

『誰かに気付いてもらうために学校に行ってるの？』

彼女のひと言は、わたしの胸を強く揺さぶった。毎日なにも考えずに学校へ通っていたけれど、なんのために行っているのか。それは決して、誰かに気付いてもらうためではない。

コメントはさらに続く。

『誰も気付かない、ってことはないと思う。きっと誰かはサリ子のことを気にかけてる。だってサリ子は透明人間でも空気でもないんだから』

じわりと心の奥があたたかくなっていく。

——わたしは空気。

ここ最近そうやって自分に言い聞かせていたけれど、多分わたしはずっと、そんなことはないよと誰かに言ってほしかったのだ。

退屈で白黒な毎日の中、ぴかりんとの会話はわたしの心を潤わせてくれた。もしも彼女が同じクラスにいたら、わたしたちは親友になっていたと思う。そのくらいに波長が合った。

そんなこと、文字だけでわかるわけがないと言う人もいるだろう。それでも、多少はわかるものだ。ぴかりんとわたしはきっと、実際に会ってもSNS上と同じように笑い合うことができると思う。

実のところ、わたしたちに共通の話題はそんなになかった。ぴかりんはアニメが好きという感じでもなかったし、メイクやファッションに興味があるという風でもない。それでもわたしたちはたくさんのことを話した。天気のこと、空の色のこと、学校の出来事に好きな食べ物のこと。ときには『人間はどうして生まれるのか』なんていう哲学的な話までした。ここまで深く話せる相手とは、今までに出会ったことがない。わたしにとってぴかりんは、親友そのものだったのだ。

ホイル大佐は、ネットの世界は所詮作り物だとそう言った。だけどぴかりんのアカウントを操る人は電波の向こうにたしかに存在していて、サリ子を操るわたしと直接にやりとりをしている。それは決して作り物なんかではなく、現実だ。

『昨日買った小説がすごいよかったの。サリ子にもオススメ！』

小説が好きなぴかりんは、たまにこうしてお気に入りの本を教えてくれる。彼女がそう言うのならば、間違いない。そう思ったわたしは、学校の帰り道に本屋に寄って早速その小説を買ってみた。

　今までは漫画や雑誌しか読んでこない人生だったけれど、ぴかりんと出会ってからは少しずつ活字の世界のおもしろさにも気付き始めていた。彼女が選んでくれる本はどれも活字初心者のわたしにも読みやすく、親しみやすいものばかり。今回の話は、初恋をテーマにした内容みたいだ。

『ぴかりーん、早速買ってきた！　これ恋愛もの？』

『もう買ったの？　早いね！　これはね、恋愛ものだけど、それだけじゃないの。深くて感動したからサリ子にも読んでほしいなぁって思って』

『読むの楽しみ！　そういえばぴかりんって彼氏いるの？』

『彼氏なんていないよ！　サリ子は？』

『彼氏はおろか、今は学校に友達すらいない状況。笑』

『学校なんて、狭い世界だよ。わたしも学校に友達はいないけど、気にもならない』

『ぴかりんは強いね。わたしはなんかだめだなぁ。最近は自分のことを信じられなくなってきちゃった』

　メッセージアプリでやりとりするように、ほとんど時差なくわたしたちの会話は流れていく。

『自分で自分のことを信じられないんじゃ、誰も信じてくれないんじゃないの？』

ぴかりんのその言葉は、ストンとわたしの中心を射抜いた。

彼女はいつでも、まっすぐに物事や意見を言う。それは一見冷たくも見えるけれど、決してそうではないということは今まで接してきてわかったことだ。ぴかりんは気休めなどは絶対に言わない。それでもいつだって、わたしに寄り添った言葉をくれる。きちんと自分で考えるきっかけをくれる。こういう関係を友達と呼ぶのだろう。

にこにこといつも笑顔でわたしを囲み、美香ちゃんのサインを頼んでいたかつての親友らの顔を思い浮かべる。あの子たちはみんな、いつだってわたしがすることを百パーセント支持してくれた。一度だって『のん、それは違うよ』などと言われたことがなかったのは、彼女たちがわたしと真正面から向き合ってなどいなかったからだ。

そしてそれは、わたしも同じだった。わたしは真剣に、彼女たちと向き合ったことがあっただろうか。自分の考えや本音を、きちんと伝えたことがあっただろうか。

『ぴかりん、わたしって多分めちゃくちゃに自分勝手な人間なんだ。最近、自業自得って言葉の意味を身をもって感じてる。今までわたしね、多分自分のことしか考えてなかったの。思いやりみたいなもの、持っているつもりで持てていなかったんだと思う。自分をよく見せることしか考えてなくて、周りを見ていなかった。自分のことを過信してたの』

そうだ、わたしは過信していたのだ。自分のしていることは正しくて、周りはいつもそれを喜んで応援してくれていると信じて疑わなかった。

　原田くんだってきっとわたしのことを嫌ってはいないはず、サリ子の正体がわかっても受け入れてくれるはずだなんて、どうして思い込むことができたのだろう。

『調子に乗ってる』

　以前匿名で送られてきたメッセージが頭に浮かぶ。あのときは、なにこれって思った。ただの言いがかりだとも思った。だけどそうじゃない。実際に、わたしは調子に乗っていたのだろう。過信して、高を括って、自分がルールみたいな顔をして。

　何事にも理由がある。ときにそれは、ただの僻(ひが)みや謂(いわ)れのないもののこともある。だけどやっぱりそれだけじゃない。

　ぴかりんへの返信を打つ中で、自分の本音と向き合っていくのは、心の奥底の鏡と対峙(たいじ)しているような不思議な気分だ。

『本当のサリ子は、どんな人なの？』

　いつもすぐに言葉が返ってくるぴかりんにしては珍しく、少し時間が経過してからそんな返信が届いた。

　――本当のわたし、か。

　もう同じ間違いは犯したくなかった。ぴかりんは今のわたしにとって大切な友達だ。たとえ会うことがないとしても。たとえネットの世界だけだとしても。

『本当のわたしは、自分でもよくわからない。だけどこのアカウントを作ってからは、ここで話しているわたしが本当の自分なんじゃないかなって思ってるんだ。飾らずに、気取らずに、なにも作っていない自分。思ったことをそのまま言って、周りの目を気にせずにいるわたし。だからきっと、ここにいるのが本当のわたし』

半分はぴかりん、そして半分はもう届かないホイル大佐への言葉だ。

本当なんだよ、原田くん。学校での花室野乃花は、読モをしている花室野乃花は、やっぱりどこか背伸びしてよく見せようとしているわたしなんだ。だからね、本当のわたしはここにいる。ホイル大佐と話していたサリ子が、本当の花室野乃花なんだよ。

そんな想いは、もちろん彼に届くことはない。それでもわたしは今でも一日に何度でも心の中で呼んでしまう。

ねえ原田くん、って。

大人になるということ

「のん、最近元気ない？　大丈夫？」

　放課後、急きょ撮影に呼ばれたわたしは、美香ちゃんと一緒に出版社のスタジオに向かっている。ガタンガタンと揺れる電車のつり革につかまるわたしたち。出版社までは電車で三十分ほどだ。

「そんなことないよ、大丈夫」

　隣のクラスの美香ちゃんは、わたしがクラスで孤立している状況を知らずにいる。わたしと同じクラスの元親友たちに常に囲まれている美香ちゃんだが、彼女たちも話題にわたしを出すことはないのだろう。

　たしかに最近のわたしは、以前よりも影が薄くなったかもしれない。大きな声で話すこともないし、どちらかといえば存在を無視されているわけなので当然といえば当然だ。最初の頃こそ落ち込んだけれど、自分の間違いを受け入れられるようになってからはかえって気が楽になった。そんな風に非を認められたのは、ぴかりんのおかげだ。

　今やわたしはクラスの中心でもなんでもないし、羨ましがられることも、注目を集めることもなくなった。それはたしかに変化ではあったけれど、今の状況にどこか安堵している自分もいる。

読モについても同じだ。『ただの読モのくせに』と言われ憤った日もあったが、〝読モだから〟と肩ひじを張っていたのはわたしのほうだったみたいだ。

そのことに気付いたときは、自分の幼さと浅はかさに辟易して自己嫌悪に陥った。

しかしそれを越えた途端、肩の力がふっと抜けたのだ。

どうして大人ぶる必要があったのかな。なんで自分は特別だなんて思う必要があって、周りからもそう見られないといけないって思い込んでいたんだろう。このままのわたしでよかったのに。

中学までの花室野乃花はもっと地味で、落ち着いた空間が大好きな普通の女の子だった。体育は苦手で、休み時間も教室で過ごしてばかり。特別に顔がかわいかったわけでもスタイルがよかったわけでも目立つタイプだったわけでもない。平凡な、どこにでもいる女子中学生だったし、それに不満を持ったこともなかった。

そんなわたしが読モを始めたのは高校入学前の春休み、街で一度スナップを撮られたのがきっかけだ。カメラマンさんと一緒にいた編集者の西山さんが声をかけてくれて、それからたまに撮影に呼ばれるようになった。

そこで会う子たちはみんなかわいくおしゃれでキラキラしていて。自分が場違いに思えて居心地が悪かったのを昨日のことのように覚えている。それをなんとかしたくて、彼女たちと並んでも恥ずかしくないようにと努力を始めたのだ。努力と言えば聞こえはいいが、実際は違ったのかもしれない。それは、見栄を張るためにあがいていただけだったのだろう。

そうしていくうちにわたしは見失っていったのだ。本来のわたし自身を。

趣味は？と聞かれれば、買い物とコスメ集めだなんて答えた。しかしまだ高校生。一般家庭の我が家ではお小遣いもたかが知れているし、バイトは禁止だし、大した買い物なんてできない。実際には趣味らしい趣味もない、つまらない人間だ。

ハマっている食べ物を聞かれたときの模範解答は、グリーンスムージー。その正体は、おばあちゃんの苦くてまずい青汁。色は似たようなものだけど、まったくの別物だ。

今までに付き合った人数は？　これには含みを持たせて『内緒！』と回答していた。しかし本当は、誰とも付き合ったことなんてない。

どれもこれも、本当にくだらない嘘だなと今ならばそう思う。だけどそのときは必死だった。ステイタスのことばかり考えていたんだ。

——ここは、そういう世界だった。

「のんのん、最近いい表情するようになったね〜」

パシャパシャとストロボの焚かれる音が響くスタジオの隅。先にカット撮影を終えたわたしに西山さんが声をかけた。

「そうですか?」

そんな風に言ってもらえるのは嬉しいけれど、実感などないわたしはテーブルに置かれたマスカットのグミを口にぽいと投げ入れた。おいしい。最近はお菓子も無駄に我慢するのをやめた。

「うん。なんかすごく、力が抜けたって感じかな。前よくやってたの、もうやらないの?」

西山さんはそう言うと大げさに顎を引いて上目遣いでパチパチと瞬きをしてみせる。まるでからくり人形のような不自然な瞬きに思わずわたしは声をあげて笑った。

「なんですか、それ」

「なにって、みんながよくやるでしょ? 自撮りするときとかさぁ」

そう言って笑う西山さんが、自身のスマホをインカメラにして横に並んできたので、思い切り白目を剥いて笑顔を作った。西山さんはげらげらと笑いながらシャッターを切る。

「これ、変顔とかいうレベルじゃないからね? やばいよこれ!」

ひいひい言う西山さんに見せてもらったその写真は、なるほどたしかに。めちゃくちゃにブス。だけどそこにはわたしらしさがちゃんと見えて、なんだかほっとする。

鏡の前でも、自撮りをするときも、もちろん誌面で見るわたしも、ずっと自分じゃないみたいだった。自分がどんな顔なのか、わたしはずっと忘れてしまっていたのだ。

だけどこの白目を剥いているブサイクな顔は、たしかにわたしの知っている自分の顔だ。小学生の頃この顔をすると、家族みんながげらげらと笑っていたっけ。

「あのね西山さん」

「んー?」

「わたしって、こんななんですよ本当は。かわいいとか美人とか、おしゃれだとか。そんな、読モらしい女の子なんかじゃないんです」

食べることが大好きだし、甘いものも大好き。運動なんて大の苦手で、ダイエットのためのストレッチだって三日坊主だ。洋服はファストファッションで十分だし、メイクもプチプラでいい。お金はできる限り節約したいし、家にこもってアニメも見たい。

きっとわたしは、こんな華やかな世界にいていい人間じゃない。

「──読モ、やめようかなって」

西山さんがスマホからゆっくりと顔を上げた。

「思うんです。ここは、わたしがいる世界じゃないのかもしれないって」

ここ最近、ずっと感じていたことだった。キラキラと華やかで眩しくて、それでいて嫉妬や欲望が水面下に隠れているこの世界。ここはわたしには眩しすぎて、そして深すぎる。まるで底なし沼みたいだ。

所詮は読者モデル。プロでもなんでもない。代わりなんていくらでもいる。

「のんのんさ」

西山さんが優しく口を開いた。

「自分で自分を表現するって、楽しくはない？　なにかに縛られるんじゃなく、型にはまるんじゃなく、自由に自分自身を表現していくことを楽しいって思ったことはない？」

たくさんのストロボの中、さまざまな表情を見せる美香ちゃんを見つめる。ずっとずっと、美香ちゃんみたいになりたいと思っていた。

自分らしさを表現しながら、誰もが憧れる表情を見せる美香ちゃん。彼女のカットを見て、表情の作り方やポーズの練習をしたこともあった。第二の美香ちゃんになれるよう、すべてを真似ようと必死になったこともある。だけどそれこそ偽物だ。

読モをしている理由は承認欲求を満たされたかっただけかもしれない。チヤホヤされて、特別扱いされて、そんな自分に酔いしれて、ただただ気持ちよかった。だけどそこに楽しさがあったかといえばそれは別だ。

かわいい顔をしなくちゃとか、太って見えない角度はどこかなとか、どうしたら美香ちゃんみたいに見えるかなとか。そんなことばかりを考えて撮った写真が誌面に載っても、わたしはいつも同じ顔の知らない他人を見ている気分だった。

だけど今は——。

「最近、ちょっと楽しいかもしれないって、思います」

型に縛られない。写真写りがどうとかではなく、自分自身を通してなにかを表現する。たかが読モのくせに大げさかもしれないけれど、それでもたしかに今までと違う感覚が生まれているのも事実だった。

「それぞれでいいんだよ。こうじゃなきゃいけないとか、表現にマニュアルはないの。のんのんが思うよりもずっと、ここは自由な世界なんだよ」

西山さんの言葉に、頭の中でホイル大佐の声が重なったような気がした。

撮影をした翌朝、それはいつもとなんら変わらない朝だった。ガヤガヤと賑わう教室。楽しそうにおしゃべりするクラスメイトの中、わたしは今日も空気のように自分の席に座っている。ただ、わたしの気持ちだけは、昨日までとは変わっていた。

仲のよかったみんなは相変わらず隣のクラスに行って教室には不在。もう少ししたら戻ってくるだろう。

視線を前方にやれば、こちらにもいつもと変わらない丸い後頭部が見える。原田くんはあれから、一度も学校を早退したり休んだりしていない。彼が早退したのは、わたしがサリ子であるとわかったあの日だけ。しかし、もしもわたしが話しかけようものならば、彼はきっとなんのためらいもなく教室を出ていくのだろう。

「本当に、嫌われちゃったな……」

頬杖をついてぽつりとこぼしたとき、後ろのドアから聞き慣れた彼女たちの声が聞こえてきた。

「今日の美香ちゃんが持ってたグロス、放課後買いに行かない？」

「行く行く〜」

「雑誌より先の情報だからさ、売り切れる前に買えるのラッキーだよね」

いつだって彼女たちの関心は、キラキラとした華やかなものたち。そのアイコンともいえる美香ちゃんと仲良くなれたことは、彼女たちの自尊心を十分に満たしてくれているのだろう。

ふぅーとひとつ長い息を吐き出すと、わたしは立ち上がり、彼女たちが固まって座る場所へとまっすぐに歩きだした。

周りの景色が全部スローモーションに見える。

ケラケラ笑う男子の声。教室で練習しているダンス部の子たちの軽やかなステップ。風でゆらめくカーテンですら、すべてがスピードを忘れたかのように残像を作りながら後ろのほうへと流れていった。

「ちょっといいかな」

最初だけ声が震えてしまったけれど、お腹に力を入れてどうにか耐えた。突然声をかけてきたわたしを怪訝(けげん)そうに見たかつての親友たちは、ひそひそっと仲間内で耳打ちする。何人かはわたしをにらみ、何人かは面倒だとばかりに顔を背けた。

「なに？　なんか用？」

警戒心が針のように彼女たちを覆っているのが見える。もちろんすべての針先はこちらに向いている。だけどもう、わたしに失うものはなにもない。

「ごめんなさい」

わたしはそう言うと、ゆっくりと頭を下げた。彼女たちの短いスカート、靴下、汚れた上履きに、傷のついた教室の床。それらが順番に視界に映る。

ああ、みんなの靴下っておそろいだったんだ。そういえば前に『のんにも買ってきたよ』ってもらったことがあったっけ。それなのに、わたしは毎日、人気のスクールブランドのソックスばかりを履いていた。あのときは、こういう気遣いにも気付いていなかった。気持ちを踏みにじっていたのは、やっぱりわたしのほうだったんだ。

「仲良くしてくれていたのに、自分のことばかりでごめん。みんなの言葉を真に受けて甘え続けてごめん。約束を破ってごめん。嫌な気持ちにさせてしまって、本当にごめんなさい」

しん、と教室が静まり返る。わたしが頭を下げることなんて、今までになかったからかもしれない。

プライドが高く非を認めることなんてできなくて、いつだって世界の中心は自分だと思い込んでいた。撮影だと言えば、どんなことでも許されると甘えてきた。一体それを口実に、彼女たちとの約束を何度放り投げてきただろう。わたしは見失っていたのだ。本当に大切にしなければならないものを。

ぴしぴしと、あきらかな戸惑いが正面から伝わってくる。ここで、いいよなんて簡単に言えないのが、子供でもなく大人でもないわたしたち十代だ。

「……そ、そんなことされたら、うちらが悪者みたいじゃん！」

ひとりが非難するようにそう言えば、そうだよと他の子たちがうろたえながら同調する。だけど一度非を認めたわたしには、怖いものはなにもなかった。不思議なほどに心の中は落ち着いていて、きちんと伝えたいとその想いだけが鎮座している。

「悪いのはわたしだよ。前みたいに接ってほしいって言っているわけじゃないの。だけど、自分のしてしまったことをきちんと謝らせてほしい。本当にごめんなさい」

クラス全員がその様子をじっと見ていた。見守っていたなんていう優しいものではない。

ないと思う。だって女子同士のいざこざなんて、好奇の対象でしかないじゃないか。

だけど、誰もなにも言わなかった。ただただ気まずい空気だけがもわりとただずむ。

「――謝るほうは楽でいいよな。それですっきりするんだからさ。受け入れて許すほうがよっぽど難しいということを、花室さんは知ったほうがいいと思うけど」

沈黙を破ったのは、彼女たちの前方に座る原田くんだった。

ごくりと誰かが唾を飲む音が聞こえた。もしかしたらわたし自身のものだったのかもしれない。

原田くんはこちらなんて見なかった。手元の本に目を落としたまま、再度口を開く。

「花室さんは結局今も、自分勝手なままじゃないか」

誰もがぴくりとも動かなかった。結果として原田くんに援護される形となった彼女たちですら、なにも言葉を発さない。

「原田……、お前ふざけんなよ……」

原田くんが本のページをめくる音に、震える別の声が重なったのはその直後だった。鈴木くんが、見たことのないくらい怖い顔をして原田くんの前へと立ちはだかったのだ。

そのあとのことは、正直あまり思い出したくもない。みんなの好奇はさらに膨れ上がり、まるで格闘技に熱狂する観客のように前のめりになってふたりのやりとりに野次を飛ばした。静寂はあっという間に収拾がつかないほどの喧騒へと変化していったのだ。

「関係のない原田がどうして口出しするんだ」と言う鈴木くんに対して、「そう言うきみも関係ないと思うけど」なんて、顔も上げずにしれっと返す原田くん。

クラスの人気者鈴木くんVSアニメオタク原田くん。

それは多分、当事者でなければこれ以上ない、おもしろいネタだったんだと思う。

わたしだけが今にも掴みかかりそうになっている鈴木くんをどうにか原田くんから引き離そうと必死になり、謝罪を受けた彼女たちは、原田くんにアニメの世界へ帰れなんて関係のない言葉を投げていて。

先生が来るまでのほんの数分だったその時間は、悪夢以外の何物でもなかった。


『さっきはごめん。火に油を注ぐみたいなことして』

一限目の歴史の授業中。鈴木くんがノートの端にそう書いてわたしに見せた。そしてそのままペンを走らせる。

『頭に血が上ってあんなこと言った』

ごめん、と彼は小さく頭を下げた。カチカチ、とわたしはシャープペンをノックする。

『鈴木くんは悪くないよ。巻き込んでごめんね』

それを見ると彼はぶんぶんと首を振った。筆談の意味！と少し笑いそうになる。

『のんと河西たちの間になにがあったかは知らないけど、素直に謝るって簡単なことじゃないと思う。頭を下げる姿、かっこよかった』

男の子らしい角ばった字で書いた彼は、わたしに親指を立てて見せた。

──ちなみにその後、周りの環境に大きな変化は起こっていない。〝謝ればそれで解決、今までのようにみんなで楽しく過ごしましょう〟なんて空気には決してならなかったし、目撃者となったクラスメイトたちの中でも〝おもしろいものを見た〟というくらいで、あっという間に過去の出来事として流れていく。これが現実だ。

ごめんね、いいよ、なんていうのは小学生低学年くらいまでしか通用しない。幼い頃は簡単だった。悪いことをしたら謝る。謝られたら許す。そんなシンプルなルールで守られていたのだ。

だけど歳を重ねていくと、そんなに簡単には解決できないことも出てくる。ときには謝っても許されないこともあるという現実を、受け入れなければならないのだ。大人になるというのは、上手な諦め方を覚えるということなのかもしれない。

親友からの提案

「あ、また新しいメンバー増えたんだ」

送られてきた最新号をベッドに寝そべりながら見ていれば、新しく読モとなった子たちのプロフィールが載っていた。

TEENROSEの読モは基本的に高校生限定。しかし南のように高校を卒業する前にやめるケースもあるため、編集部では人数が不足しないようにその都度新しいメンバーを迎えることでバランスを図っている。

それにしてもこの世の中にはかわいい子が多いなぁなどと考えていれば、枕脇のスマホが震えた。わたしの親友、ぴかりんからのメッセージだ。

『もしもわたしが、四十を超えたおじさんだったらどうする？』

突拍子もない言葉に、わたしは一瞬フリーズする。

四十？　おじさん？　ぴかりんが？　なになに、どういうこと？

『おじさんなの？　ぴかりんが、ってこと？』

不思議に思いながらもそう返せば、やはり今夜も返信は早い。

『例えばって話だけどね。だって本当はわたしがどんな人なのかって、ここだけじゃわからないでしょう？』

　とりあえず彼女はおじさんではないらしい。ＳＮＳでの姿と現実世界での姿。そのふたつの間に相違があることは、わたしだってよく知っている。わたし自身が、そうだったのだから。

『そんなこと言ったら、わたしだって八十超えたおばあちゃんかもしれないよ？』

『それはない』

『ぴかりんってば、なんで言い切れるの？　わかんないじゃん！』

なんの前触れもないおじさん発言とテンポのいい会話は、今夜もわたしをリラックスさせてくれる。しかし、ぴかりんは同じ意味を持つ質問をもう一度繰り返したのだ。

『もしもわたしが本当に、サリ子が想像する人とかけ離れた人物だったらどう思う？』

　こんな風に彼女が重ねて問いかけてくることは今までに一度もなかった。偽っているわけではないにしろ、ぴかりんにはなにかひっかかることがあるのかもしれない。

　わたしは正直に、今の気持ちを指先に乗せていった。

『なにも思わないよ。ぴかりんは、ぴかりんだもん』

　これはわたしの本心だ。たしかにぴかりんはこうだろうなというイメージはある。料理が好きで明るく元気な女の子。しっかりと自分の意思を持っている、かっこいい女の子。

でもそれはわたしが勝手に作り出した彼女のイメージだ。もしそうじゃなかったとしても、そんなのは全然気にならない。彼女の言葉に何度も救われてきた、それこそがわたしにとっての事実なのだから。もしも万が一、ぴかりんが四十歳を過ぎたおじさんだったとしてもその事実は変わらない。そりゃあもちろん、ふたりで遊ぼう！なんていう流れは不自然なのかもしれないけれど。

『サリ子、それ本心？』

『うん、本当にそう思ってる』

『わたしに会う覚悟はある？』

それはぴかりんからの、思いがけない提案だった。

手元の小さな鏡を覗き込んで、前髪をチョンチョンといじる。なんだかドキドキそわそわする。変なの、別に異性とデートするわけでもないのに。あ、いや、おじさんかもしれないんだっけ。そう思って、折っていたスカートを一段戻して膝くらいの長さにしておいた。変な意味ではない。だってもしも、万が一！ぴかりんがおじさんだったとして、ミニスカート姿の女子高生と一緒にいたら疑いの目で見られてしまうかもしれないし。いやいや、ぴかりんはおじさんじゃないって言ってたじゃん！

落ち着かない頭の中を整理するように、ふぅーと大きく深呼吸をする。

ここはターミナル駅の構内にあるドーナツショップの入り口前。会うもなにも、住んでいる場所すら知らなかったのだから、こうして待ち合わせができていること自体が奇跡に近い。話を聞いてみれば、ぴかりんとわたしが住んでいるのはそう離れた場所ではなかったのだ。

待ち合わせの時間まではあと十分。緊張をほぐすようにもう一度深呼吸をしていれば、握っていたスマホが着信を知らせた。そこには西山さんの名前が表示されている。

「もしもし、花室です」

『西山でーす。あのさ、突然なんだけど、今日これから撮影来られそう？』

撮影のお誘いの電話。プロのモデルでは考えられないことだが、読モには『今から来られる？』といった突然のお声がけが頻繁にある。これは、読モであれば誰でもよい、ということだとわたしは思っている。今までのわたしならば、迷うことなく二つ返事でスタジオに向かっていたことだろう。

「ごめんなさい、今日は大切な約束があって」

『そっかぁ。こっちこそごめんね、突然だったから。大切な約束ってデートぉ？』

「そんなんじゃないですよ！　女の子です！　友達！」

にやにやと笑っているのであろう西山さんにそう言えば、受話器の向こうからは楽しそうな笑い声が響いた。そのあとに、ほっとしたように小さな息を吐く気配。

『正直さ、編集者としてはいつでも飛んできてくれる読モさんは本当にありがたいんだけどね。のんのん、今までどんなときでも撮影優先させてくれてたからさ、わたし個人としては、それでいいのかなってちょっと心配してたとこもあったんだよね。まあ本当、矛盾してるんだけどね！　今日は楽しんできて。こんな急じゃなく、またちゃんとスケジュール確認して連絡させてもらうから。デート楽しんでね！』

西山さんの明るい声のあとに流れる、ツーツーという機械音。通話終了の画面をじっと見つめたあと、わたしはゆっくりと息を吐いた。

なんだ、断るってこんなに簡単なことだったんだ。

『ごめんなさい、行けません』

このひと言がずっとずっと怖かった。わたしは所詮、たかが読モ。それがわかっているからこそ、ノーと言ってはいけないと思っていた。わたしがノーと言えば他の読モに声がかかる。そう、代わりはいくらでもいる。だからこそ、急なスケジュールで連絡が来て、この子がだめなら次、そんな風に掃いては捨てられていく。それがわたしたちの現実なのだ。

ギャラだってプロのモデルさんとは比べ物にもならない。撮影のスケジュールに合わせて雨が降っても嵐が来ても、都内のスタジオまで足を運ぶ。交友関係よりも撮影が最優先。

読モとなったあの日から、わたしはずっと必死だったのだ。どうしたらそこで生き残っていけるのかって考えて考えて、そうやって〝読者モデル〟に縋りついてきた。だけどわたしは、雑誌の中で生きているわけじゃない。大切なことは、もっと身近にあったのだ。

『着いたよ。ぴかりん、もういる？』

そのことに気付かせてくれた親友に、わたしは今から直接会う。

ドキドキする胸を押さえながらメッセージを送れば、ピコンとすぐに返事が来た。

『もうすぐ着くから、先に入ってて』

どうやらわたしのほうが先だったらしい。自動ドアをくぐると、ひんやりとした空気が湿った首筋をそわりと撫でた。

いらっしゃいませーという声に、わたしはいつも頼むチョコレートがコーティングされたドーナツと、期間限定のマスカットジュースを注文する。

店内の席は、半分埋まっているくらい。落ち着いて話せる席がいいと思い、窓際の奥の席に腰を下ろした。

鞄からもう一度鏡を取り出して前髪をチェックする。なんだか鼻の頭にニキビができそう。今夜薬を塗っておかないと。

どくどくどくどくと心臓は大きく全力疾走中。思考回路を他に持っていこうとしても、体は正直で視線はチラチラと自動ドアのほうばかりに行ってしまう。

ああ、もうすぐぴかりんに会えるんだ。最初になんて言おう？　はじめまして？　やっと会えたね？　〝はじめまして〟ではないし、〝やっと〟なんて言うのも違う気がする。待ってどうしよう。なんて言えばいいんだろう。

いらっしゃいませーという声が聞こえて反射的にドアを見た。——瞬間、わたしの頭はフリーズする。姿勢正しく入ってきたその人は、あの原田くんだったのだ。

慌てたわたしは、とっさに鞄からファイルを取り出して顔を隠した。原田くんだって、わたしがいると知ったら嫌がるだろう。自分から声をかけるつもりなんて毛頭ないけれど、存在だけで嫌な顔をされるというのもさすがにつらい。

気付かれないように、見つからないように。

姿勢を低くしてファイルの端からそっと顔を出せば、彼はドーナツのショーケースの前でうーんと唸っているところだった。右手は顎の下、その肘を支えるように左手を添えているその姿は、まさに考え中というお手本のようなポーズだ。少しだけ前髪を切ったみたい。薄茶色の瞳がちらりと見えた。

原田くんは、どんなものを頼むんだろう。盗み見している罪悪感よりも好奇心が勝りこっそりと観察していると、彼はわたしと同じドーナツを指差してなにか言っている。さらに彼が店員さんから受け取ったトレーの上には、これまたわたしが飲んでいるものと同じ、鮮やかな黄緑色のジュースが載せられていた。

その事実は、なぜだか胸の奥をきゅっと苦しく締めつける。

わたしたちが同じものを選んだという喜びと、彼に拒まれているという現実。なんだか心がふたつに千切れてしまいそうだ。

しかしそんなことを考えている間にも、お会計を終えた彼はこちらに向かって歩いてくるではないか。ショーケースを挟んだ向こう側にも席はたくさんあるというのに、どうしてよりにもよってこちら側に来てしまうのか。

――だめだ、見つかっちゃいけない！

そう思ったわたしはさらに姿勢を落とし、ハンドタオルを頭の上にかぶせて下を向いた。このタイミングでぴかりんが来ませんように。第一印象がこんなに怪しい恰好だなんて絶対無理。それに、彼女が今来たところで顔を上げるわけにもいかない。

どうか早く原田くんが、わたしのことなんか見えない遠くの席に座ってくれますように。どうかどうか、わたしに気付かずささっとジュースを飲んで、ドーナツを食べて、帰ってくれますように。

「あのさ――。入ってきたときから、見えてるから」

向かい側の椅子の横に、ぴかぴかに磨かれた黒いローファーが現れた。

俺のシナリオ　―原田―

マスカットジュースが期間限定で出ているということは、先週SNSで知った。マスカットといえばサリーだ。そのときにふと思った。花室さんはこのドリンクを飲むのだろうかと。

「あの、全然違うから！　あの！　つけてきたとかそういうんじゃないから！」

放課後のドーナツ屋なんて、初めて足を踏み入れた。俺が放課後に向かうところといえば、アニメストアか図書館か本屋か。誰かと一緒になにかを食べるなんて、したことがなかったから。

目の前の花室さんは不自然なほどに姿勢を下げ、クリアファイルを盾のようにしながら慌てて言葉を続けている。

まったく、少し落ち着いてほしい。だいたい俺のほうが彼女よりあとにここに来たのだ。あとをつけてきたわけではない、と言い訳すべき立場はこの場合俺のほうだ。

それでも、見たことがないほどに動揺する花室さんの姿を見るのは悪くない気もする。なんだ、人間らしいところもあるんじゃないかと思えたからかもしれない。

俺はひとつ息をつくと、彼女の向かい側の椅子を引いて腰を下ろした。すると、今度はすごい勢いでファイルから彼女の顔が飛び出てくる。まるでモグラ叩きのモグラだ。

「あ、あの……そこ、わたし待ち合わせが」

「うん知ってる」

「え、あの」

「はじめまして。ぴかりんだピカ」

さて——。花室さん、きみはどんな顔をするのだろうか。

驚いて、それから失望する？ 騙されたって憤慨する？ どちらにせよ、いい気味だ。

やられたらやり返す。これが山芋侍の信念だ。

放っておけばいいと思った。自業自得だとそう思った。すべては自分の行いから起きた出来事だ。現に俺も、彼女の勝手な振る舞いで心を乱されたひとりなのだ。

——それなのにどうして俺は、こんなことをしているのだろうか。

花室さんがしばらく学校を休んでいる間に、ちょっとした出来事が起きた。そう、本当にちょっとしたことだ。有名なモデルとかいう肩書きをもった生徒が隣のクラスに転校してきただけ。

花室さんの周りに群がっていた女子たちはすごい勢いでそちらへと飛んでいった。まるでランプに群がる蛾のように。そこに確固たる理由なんてない。彼女たちは本能に従っただけだ。より眩しいライトを求めて、より興味のあるものに向かって行動しただけ。その結果、クラスの女王の座に君臨していた花室さんはあっという間に透明人間となった。

別に同情なんてするつもりはない。中庭で弁当をひとりで食べているのを偶然見かけた俺は、高みの見物だ。

どうだい、花室さん？　ひとりで食べるお弁当の味は。俺はずっとひとりだったから、寂しさなんて感じない。キャラ弁とホイル大佐のアカウントさえあれば、話の通じないクラスメイトと顔をつき合わせて食べるよりもずっとおいしく味わうことができる。だけどきみは違っただろう？　周りからチヤホヤされることで自分を保ってきたきみは、今ひとり、どんな味の弁当を食べているのだろうか。

放っておけばいい。自業自得だ。それなのに――。

幾度にも重なるやりとりのせいで記憶してしまったサリ子のアカウントを覗いてしまう。見ないようにしていたのに。見たくもないはずなのに。

そしてそこに俺は、ありのままの――いや、これすら演技なのかもしれないが――彼女の姿を感じてしまったのだ。

毎日の空の写真。なんてことのない独り言。誰かとやりとりをしている形跡もないから、本当にただ感じたことを投稿しているだけなのだろう。お昼休みの時間にそれは集中していた。

賑やかな中で過ごしてきた花室さんは、話し相手には事欠かなかったことだろう。しかし今、そんなたわいもない言葉を受け止めてくれる存在をも彼女は失った。その虚無感(きょむ)を紛らわせるように、ここへと言葉をただただ放り投げているだけなのかもしれない。

——虚しいな。

そんなことを思った。すべては花室さんが招いた結果だ、俺には関係のないことだ。そんな風に頭の中で何度も自分に言い聞かせていたはずなのに、気付けば俺は、初めてホイル大佐以外のアカウントを作っていた。

〝ぴかりん〟だなんて、まるでアニメに登場しそうな名前じゃないか。もっと現実的な名前のほうがいいかと思い、今まで同じクラスになった女子の名前を参考にしようとした。ところが、あいにく俺は誰の名前も憶(おぼ)えてなんかいなかったのだ。

——花室さん以外。

別に彼女に同情したわけじゃない。許したわけでもない。相変わらず花室さんのことは大嫌いだ。だけど、それと同時に言葉をかけたくなる。どんな心の内でいるのか。

つらいと感じているのならば、少しだけでもそれを紛らわせることができるなら……。そう思った自分の頭を何度引っぱたいただろう。いやいや俺は花室さんに騙されたんだ。それならばやり返してやろう。別人になりきって、彼女を信頼させて、裏切ってやればいい。

ぴかりんとして花室さんとやりとりをするようになってから俺は、両極端なふたつの考えの間を何度も何度も行き来していた。まるで二重人格だ。大嫌いなのに気になってしまう。関わりたくないのに手を差し出したくなる。裏切りたいのに悲しませたくはない。傷つけたいのに泣いた顔は見たくない。

自分でも、よくわからない。花室さんがクラスの女子に謝ったときだって、あんなことを言うつもりはなかったのに口が勝手に動いていた。許すほうがずっと難しいだなんて、女子たちの立場に立ったような発言をしたけれど、あれは俺自身の言葉だ。

何度も謝られ、しつこくつきまとわれて、本当にうんざりしたし迷惑だった。かと思えば急に何日も休んでクラスで孤立するなんて、俺にもまったく関わってこないだなんて、そんなのずるいじゃないか。どうしていつも、きみは俺の気持ちをこんなにもかき乱すのか。

悪いのは花室さんだ。それなのに——こんな風に今さらになって本当の姿を見せるなんて、ひとりきりでいるなんて、ずるいじゃないか。

「え……」

〝ぴかりん〟と名乗った俺に、目の前の花室さんは固まっている。

ああ、まただ。自分の中で正反対の気持ちがバチバチとぶつかり合って火花を散らす。

——どうだい？　ショックだろう。俺と同じ気持ちを味わえばいい。

——本当は、傷つけたかったわけじゃないんだ。

そんな対局するふたりの自分に決着をつけたくて、俺は今日ここに来た。

花室さんは、悪だ。花室さんは、毒だ。今日こそはっきりとけじめをつけたい。こんな風にやり返して、それでやっと、俺たちの戦いは終わりを迎えることができるんだ。

怒れよ。泣いたっていい。そしたら俺の勝ちさ。

——それなのに。

「ぴかりん、ありがとう」

嫌みか、それとも負け惜しみか。しかし目の前で頭を下げる彼女の声には、そういった濁りのようなものが少しも含まれていない。

「ぴかりんがおじさんでもおばあちゃんでも、わたしはあなたのことが好きだって今日は伝えようと思って来たの。わたしはぴかりんに救われた。こうやって自分のことを受け入れられたのも、ぴかりんのおかげだから」

だからありがとう、と彼女はもう一度頭を下げた。どくどくと体中の血液がすごい勢いで駆け巡る。ガンガンとこめかみあたりに鈍い痛みが響いている。

——待ってくれ。おかしい。こんなの、俺のシナリオにはないはずだ。

「俺が誰か、わかってない……？」

もしかしたらショックを通り越して、現実逃避をしようとしているとか。だけど彼女は顔を上げて、俺の顔をまっすぐに見つめる。

「ちゃんとわかってるよ、原田くん」

おかしい。そんなはずはないってば。だって俺は嘘をついていたんだ。性別を偽って、原田とはまったくの別人になりすまして、なにも知らないふりをしていたんだ。

それは俺が花室さんにされたのと同じこと。あのとき俺は本当にショックで、失望して、彼女を憎んだ。それなのに、どうして彼女は安堵した表情さえ浮かべるのか。

さらに花室さんはやわらかな表情でこう続けたのだ。

「ぴかりんが原田くんだってわかってね、ああだからかって、いろんな謎が解けた気がする。嬉しかった」

——なぜそんな風に思える？

どうして俺は、あのときあんなにも怒りに震え、すべてをシャットアウトして。どうして彼女は、こんなに穏やかに微笑んでいるのだろう。同じことをしているはずなのに。

『救われた』

彼女が放ったその言葉。バチバチバチッと脳内では走馬灯のようにサリ子とのやりとりが弾けてよみがえる。

ホイル大佐としての彼女とのやりとり。ぴかりんとしての彼女とのやりとり。

俺は、どうだったか。サリ子との……いや、花室さんとのやりとりで救われたことはなかったのか。そんなものは愚問も同然。考えずとも答えは簡単に出た。いや、本当はもう、とっくのとうにそれは出ていたのかもしれない。

所詮ネット。所詮作り物。所詮はバーチャルフレンズ。

それでも、サリ子と話しているときの俺は素直で心のままに話す俺だった。姿が見えないからこそ本音で話せていたのも事実だ。

そしてサリ子だって俺が見てきた高飛車な読モの花室さんではなく、落ち着いた穏やかな女の子だった。少し脆(もろ)くて、自分に自信を持てなくて、前にぐいぐいと出ていくタイプではない女の子。

そう思った瞬間、目の前にいる花室さんと俺の中にいるサリ子が綺麗に重なって見えた気がした。

カランとコップに入っていた丸い氷が音を立てる。

「原田くん、本当にごめんなさい。それから、ありがとう」

花室さんがもう一度、謝罪と感謝を言葉に乗せる。

二極していた自分の気持ち。今ならばどちらが真の想いなのかわかる気がする。

「俺も、申し訳なかった」

不思議なくらいすんなりと、謝罪の言葉が滑り出る。

謝るのは簡単で、許すことのほうがずっとずっと難しい。そんな思いは、俺の自己防衛、自分勝手な言い分だ。本当はもう、とっくのとうに許していたんだ。そんな自分を認めたくなかっただけなんだ。

クラスで孤立する彼女に手を差し伸べたいと思いつつ、ずっと後ろめたい気持ちがあった。俺にそんな権利があるのか、そんな資格はあるのか。一度彼女を拒絶した自分が彼女を助けたいだなんて、今さらそんなことを許されるとも思えなかった。それに、きっと俺は謝りたくなかったのだ。

謝るということは、実はすごく難しい。許してもらえるかもわからないのに、自分の非を認めて相手に伝える。それって、そうそう簡単なことじゃない。だけど、もしもその人との関係をきちんと続けていきたいと願うのならば、逃げてはいけないのかもしれない。

「ブロック、取り消してくれる？」

鼻を赤くした花室さんがこちらをうかがうような表情で笑うから、俺もつられて笑ってしまうんだ。

馬鹿だなあ、花室さん。もうとっくの昔に俺は、きみへのブロックは取り消しているのさ。

「——原田くんって呼んだほうがいい？　ホイル大佐かな。それともぴかりん？」

自然な小さい笑顔をやっと浮かべた花室さんに、胸の奥にぽつりと明かりが灯る気がした。

ゲンキンなものだ。こうなってみると花室さんとサリ子はたしかに同一人物で、どうして自分は花室さんに嘲笑われていただなんて思い込んでいたのだろうとすら感じてくる。お人好しすぎるほどに人がいい花室さんがそんなことをするはずもないだろうということは、今ならばはっきりとわかる。ぴかりんを通して俺は、彼女の本質の部分を知ることができたのだから。

しかし、だからといって現実世界でぴかりんと呼ばれるのは抵抗がある。俺だって、男である。

「普通に原田でいいじゃないか」

「ホイル大佐っていう名前も呼びたいんだけど」

「それはあっちだけにしてくれ」

「いいの？」

「なにが」

そこまで一気にやりとりをして、彼女はぐっと言葉に詰まる。それから意を決したように顔を上げて慎重に口を開いた。

「……また、ホイル大佐のことをフォローしてもいいの？」

すべてをなかったことになんてできないし、なにもかもがすっかりと元通りになるなんて不可能だ。俺と彼女の間には大きな変化が起きている。しかしそれは決して、マイナスな変化ばかりではない。

「この状況でだめって言うほど野暮な男ではないさ」

——うん、今度はうまく言えた。この間読んだ〝春はきみの声を読む〟に出てきた庄司九一郎みたいに、自然と言えた、よし。

そんなことを考えながらストローに口をつけていれば、目の前の彼女は嬉しそうにスマホを取り出して操作している。なにをしているのだろうかと思っていれば、「あ、本当だ。ブロックされてない……」という小さなつぶやきが聞こえてきて俺はそっと窓の外へと視線を移した。ズキズキと心臓のあたりが痛い。

「花室さん、別にそういう演技しなくていいから」

こんなこと言うつもりもなかったのに、どうして俺の口は意地悪な言葉ばかりを発するのだろう。なんだか気恥ずかしくて、それをやりこめるために出た言葉はひどく憎たらしい響きを含む。案の定、花室さんも眉間に皺を寄せて俺を見ているじゃないか。

「前から思ってたんだけどね。演技演技って、わたし女優じゃないんだよ？」

「モデルも女優も似たようなものだろう？　よくモデルから女優になる人もいるじゃないか。花室さんは演技力があると思うけど」

「もう、嫌みっぽいなあ！　演技じゃないって言ってるのに！」

「はいはい」

「聞いてますかー？　ホイル大佐！」

「やめろって！　その呼び方はネットだけだという約束じゃないか！」

気付けば俺たちは、じゃれ合うように軽口を叩き合っていた。まるで以前に戻ったように、自然に。でも本当は、戻ったわけではなくて、こんな風に花室さんと原田洋平として笑い合い、話したことは初めてだ。それにもかかわらず、なぜだか懐かしくて泣きたい気持ちになる。

どうしてだろうか。たかがネットの世界で今まで話していただけなのに。隣の席では、ほとんど会話らしい会話をしたこともなかったはずなのに。それなのに、この時間をずっと昔から知っていたように感じるのはとても不思議だ。

結局その後俺たちは、太陽が落ちるまでドーナツをかじることすら忘れて話し込んだ。学校のこと、先生の話、そして大半はアニメの話。持ちうるすべての知識と情報を彼女に伝えなければという謎の使命感にかられた俺は、相当に長い時間語り続けていたと思う。

それでも花室さんは、熱心に頷き、興味を持ってくれた。彼女がアニメに興味を持っているということはどうやら事実のようだ。それがとても嬉しかった。

「それじゃ……気を付けて」

花室さんが乗る電車のホームへと降りる階段の前で、俺は片手をあげる。もう片方は制服のポケットの中。これは庄司九一郎の立ち姿を完璧再現、台詞はヒロインと別れるときの決まり文句だ。この〝間〟が最も重要だ。

「原田くん、またこうやって話せるかな」

帰宅ラッシュで俺たちの周りを人々が通り過ぎる。雑多な喧騒の中、花室さんの声はやたらと大きく響いて聞こえた。

「いつだって話せるだろう、あっちで」

そうさ。俺たちにはインターネットの世界がある。花室さんと俺は、学校という空間においてはやはり違う世界の住人だ。俺なんかと話していれば、これから少しずつでも回復していくであろう彼女の地位がまた揺らいでしまう。

しかし、彼女は違うのと首を横に振った。

「SNSでも話したいんだけど、そうじゃなくて。学校でも話したいし、たまにこうやってどこかで話したりできないかな？」

どくんと今度は胃のあたりが大きく揺れる。なんだか今日は内臓全般の調子がよくないらしい。動悸がするのは、人が多くて酸素が薄くなっているからだろうか。なんだか顔が熱い、もしかしたら発熱しているのかもしれない。季節外れの風邪だろうか、昨日寝るときに冷えたか？　これは早く帰宅して寝たほうがいいだろう。深夜アニメは録画に頼ることにする。その前にまず、花室さんになにかを言わなければ。

黙っている俺を見た彼女は、不安そうにその瞳を揺らがせた。

「い、いいいいい生きていればそのうちタイミングがまた訪れるかもしれないピカ！」

またなピカ！とぴかりん語で挨拶をした俺は、背筋をシャンッと伸ばしたまままくるりと回れ右をした。

なんだ、体がうまく動かない。これはいよいよ病気かもしれない。足はカクカクと変な動きをしている。しかし行かねば。花室さんに心配をかけてしまう。

花室さんにくるりと背を向けた俺はギクシャクと体をロボットのように動かしながら、彼女とは反対方面のホームへと続く階段を下りていったのだった。


『今日はありがとう。とっても楽しかった！』

帰宅すれば、あれほど不調を感じた自分の体はいつもと変わらない状態に戻っていた。不思議なものだと首を捻る。しかし花室さんからメッセージが届いた途端、また心臓のあたりが痛くなったからやはり勘違いではなさそうだ。

心臓病……？

先月見たばかりの心臓外科医のアニメのワンシーンが頭の中で再生された。ああ、病に老いも若きも関係はないのだろうか。しかし今はまず、花室さんに返信をしなければ。

改めて画面を見れば、そのコメントは〝ぴかりん〟のアカウント宛てに届いている。

『こちらこそ。というか、なんでわざわざこっちに？』

『だってもう、ぴかりんには会えないかもしれないのかなって思ったから』

『まあ正体を明かした今、このアカウントの必要性はなくなったピカ』

『やっぱりちょっと寂しいな』

『すっとひかりんのままのほうがいいならば、それでもいいピカよ?』

本当はいいわけがない。いつまでも女のふりをしたアカウントで彼女とやりとりするのはどうにもしっくりこない。しかし、今は花室さんの意思を尊重してやらねばならないときでもある。

『ううん、ホイル大佐も原田くんもいるから大丈夫』

よかった、と胸を撫で下ろす。

それにしても、ここに来ると指が勝手にぴかりんとしての返信を打ってしまうのだから不思議なものだ。キャラクターに忠実であれ、というのは譲れない部分であり、ぴかりんを演じるのは決して苦ではなかったが、それでもできることならばひとりの男として彼女と向き合っていたい。本来の自分に近い姿で、きちんと話がしたいのだ。

『あっ、最後に聞いてもいい? ぴかりんってなにかのキャラクターの名前?』

続いて届いた彼女からの問いに、俺は小さく口角を上げる。語尾にピカをつける金髪ツインテールの女の子。それがぴかりんだ。しかしその正体を知っているのはこの俺だけ――。彼女は俺が頭の中で勝手に作り出したキャラクターなのだから。

『まあ美少女であることは間違いないんだけどね。サリ子は、ホイル大佐の由来を知っているピカ?』

あえてハンドルネームで彼女を呼ぶ。

『えっと、考えたこともなかった』

『ホイル大佐という名前は、アルミホイルから来ているの』

そう。もとはといえば、SNSを始めたときに手に持っていたのがアルミホイルに包まれた焼き芋で、そこから〝アルミ・ホイル大佐〟が生まれたのだ。昔はフルネームで名乗っていたが、途中から短くして現在のホイル大佐に落ち着いたというわけだ。

『まさかぴかりんって、アルミホイルがぴかぴか光るから？』

『ご名答ピカ！』

そう、ぴかりんは最初からホイル大佐だったのだ。あえて連想できそうな名前を使っていたのは、どこかに彼女に気付いてほしいという望みを託していたからかもしれない。まあ、花室さんは鈍いからまったく気付く素振りも見せなかったけどさ。

「まったく。俺も女々しいところがあったもんだ」

思わぬ自分を見つけて、俺は鼻に皺を寄せて身震いをする。まずい、寒気までしてきたぞ。

しかしそんな鼻の皺は、たったひとつのメッセージであっという間に姿を消すのだ。

『最初から、ホイル大佐はずっとそばにいてくれてたんだね』

自分でも知らなかった自分がいることに驚いて、ときにはそれに辟易して。くだらな、ことで腹を立て、なんてことのないことで思わずくすりと笑ってしまう。

こんなの、俺らしくないと思っていた。こんなの、本当の俺じゃないと思ってきた。
だけどそうとも限らない。今ならば、こんな風にも思うんだ。
——こんな俺も悪くはないかもしれないな、なんてさ。

Chapter4

背中合わせの昼休み

　昨夜もホイル大佐と遅くまでやりとりをしていたから、とてつもなく眠たい。あくびを噛み殺しながら教室のドアを開ければ、先に来ていた鈴木くんが大きくわたしに手を振った。

「の－ん！　おはよう！」

　声もずいぶんと大きい。クラスの数名が振り返ったくらいだ。

「お、おはよう鈴木くん。なにかあった？」

　そんなに大声で言わなくたって、ちゃんと聞こえるのに。不思議に思ってそう聞いても、鈴木くんは「別に」と言いながらも、なぜだかそわそわとしている。

　――変なの。

　鞄の中から筆箱やノートを取り出していれば、逆隣の席に川村くんが座る気配がした。最前列にいた彼も、今ではすっかりこの席になじんでいる。

「おはよ、川村く……」

　そちらに顔を向けてやっと気付いた。そこに座っていたのは川村くんではなく、原田くんだったのだ。

「おはよう花室さん」

原田くんはちらりとこちらを見ると、自分の鞄の中へと視線を移す。

「……あ、うん。おはよう」

あれ、たしか隣には川村くんが座っていたはず。顔を上げて前を見れば、原田くんが昨日まで座っていた遠い席に川村くんの姿を発見した。

「……席、交換したの？」

正直にそう聞けば、原田くんはわたしの奥――それはつまり鈴木くん――へと目をやり、「まあね」とそっけなく答えた。

「本当はもとの席に戻ろうと思ったんだけど。誰かさんがその席を譲らないと頑なでね」

「原田！　お前ベラベラ言うなよ！」

「別に俺は鈴木のことだなんてひと言も言ってないけど」

「はっ……、はらだあああ!!」

鈴木くんは勢いよく立ち上がるとハッとしたようにわたしを見て、そのあと頬を赤らめながらおとなしく席に着いた。その一方で、しれっとしている原田くん。そんな対照的なふたりがなんだかおかしくて、思わず笑ってしまう。

「のんまで笑うなって」

「いやなんか、ごめん、あははっ」

「ふざけんなよー。原田のせいで俺かっこわりい」

「大丈夫、大丈夫」

そんなわたしにつられて、鈴木くんも笑いだす。その横で、原田くんは静かに絵を描いていた。

「あ、昨日発売の雑誌見たよ！」

鈴木くんが話題を変えるように、鼻の下をこすりながらそう言った。雑誌、というのはわたしが出ているもののことだろう。

「見てくれたの？」

「おう、コンビニで立ち読みしてきた！」

あんな、女子力全開キラキラ感満載な雑誌を男の子が立ち読みするなんて、なかなか勇気のいることだと思う。素直にお礼を伝えれば、彼は嬉しそうに頷いた。

「前からのんが出る雑誌はたまに見たりしてたんだけどさ。なんか最近のんの写真、すごくいいよな！　前もよかったけど、今のがもっといい」

うんうんと彼は何度か頷いてから、ちょっと照れくさそうに笑う。その言葉は、素直に嬉しかった。

鈴木くんはわたしが読モをしているからチヤホヤしてくれているんだと少し前まで

は思っていた。だけどどうやらそういうわけでないらしいことは、わたしが孤立した期間でよくわかった。

　きっとこの人は、読モとしての花室野乃花じゃなく、ひとりの人としてわたしのことを見てくれている。その上で、仲良くしてくれているのだ。

　前にも言った通り、年上の恋人がいる鈴木くんはカモフラージュとしてわたしに好意があるふりをしている。しかしそれだけでなく、彼はわたしのことを友達として認めてくれてもいるのだろう。

「ありがとう、鈴木くん」

　素直にお礼を言えば、彼はまた嬉しそうに頷いた。その瞬間、ブブッとスマホが揺れる。画面を見ればホイル大佐からのメッセージが届いていた。

『サリ子おはよう』

　ん？　たったひと言。なにこれ。

　こっそりと逆隣を見れば、原田くんは唇を丸めながらスマホをいじっていた。挨拶ならついさっきしたはずなのに。

「のんさ……、明日の放課後とかって撮影？」

　鈴木くんが落ち着かない様子で聞いてくる。

「えっとね」

ブブッとまた震えるわたしのスマホ。

『今日のキャラ弁はサリーだからあとで直接見せてやる』

「ええっ！」

思わず声が出ると、鈴木くんが不思議そうに首をかしげた。

「あ、あ！　なんでもない大丈夫！　えっと明日はね」

またまたブブッと響くスマホ。通知を無視して手帳を開く。ブブッ。再び通知のバイブ。

原田くんを見れば、彼はちょっと前のめりになって指を動かしていた。どこか余裕のない顔をしている。どうしたんだろう。少し心配になりながらも、わたしは鈴木くんのほうを向いた。

「ごめん、明日は撮影だ」

そっか、と鈴木くんは明るく言ってシャープペンをくるりと回した。

通知は四つ、溜まっていた。

「のん、どこ行くの？」

「ちょっと後輩のところに。相談があるみたいで」

お弁当箱を片手にニコリと笑えば鈴木くんはちょっとほっとしたように、そっかと笑った。

昼休みになると、わたしはこの窮屈な教室をひとりで抜け出す。校舎からは死角になるような小さな中庭で、ひとりきりでお昼を食べる。この習慣は今でも変わらない。しかし今日はひとつだけ気がかりなことがあった。それは先週から違うクラスのカップルがそこでお昼を食べ始めたことだ。付き合いたてらしく初々しい雰囲気が微笑ましい反面、自分はあきらかに邪魔者だと感じていた。そろそろ別の場所を探す頃なのかもしれない。

ひとりになれる場所、と想像してパッと出てくるのは非常階段や旧校舎側のさびれた廊下。うーん、なんだかどれもいまいち。原田くんが許してくれるならばふたりで教室で食べるのもいいけれど、きっと彼は嫌がるだろう。どうしようかな、と考えながら廊下を歩いているとスマホが震えた。

『視聴覚室』

たったひと言。それは、ホイル大佐からのメッセージだった。

視聴覚室？　学校の三階の端に位置する滅多に使わない教室を思い浮かべる。そこへ来いということだろうか。そういえばお弁当を見せてくれるって言っていたっけ。

階段を下りようとしていた足を止めたわたしは、くるりと回れ右をする。

気付けば鼻歌を歌っていた。

人気の少ない三階のフロア。この階には理科室や音楽室などが並んでおり、クラスとして使用されている教室はない。人がほとんどいないため、告白スポットとしてもよく利用されている。

「視聴覚室、ってここだよね……」

普段、ほとんど使う機会のない教室の前で、わたしはごくりと喉を鳴らした。

――コンコン。

ぴっちりと閉まっている扉を遠慮がちにノックしてみる。

返事はない。

――コンコンコン。

もう一度ノックするも、相変わらずなんの反応もない。わたしは意を決して、その扉に手をかけた。

「失礼しまーす……」

ガラガラと、ゆっくりと開く扉。

がらんとした視聴覚室。そこには誰もいなかった。

「あれ？」

窓側のカーテンが風でひらりと揺れる。視線を移動させていけば、窓際の棚の上に見覚えのあるお弁当箱がぽつんと置いてあった。

一歩一歩、ゆっくりと窓辺に近づく。さわさわと、優しい風が頬を撫ぜた。

「わぁ……！」

お弁当箱の中では、それはそれはかわいくデコレーションされたサリーちゃんが微笑んでいる。

「すごい！」

なんて繊細で美しいんだろう。そしてハッと気付いた。これはたしかに原田くんのお弁当だ。しかし、当の本人はどこにいるのだろうか。きょろきょろと周りを見回していると、彼からまたメッセージが届いた。

『写真、撮ってもいいけど』

「えっ、いいの？」

思わず声が出てしまう。何度でも見たくなるお弁当だと思っていたから、そう言ってもらえるのはすごく嬉しい。

『いいってば。ご自由に』

わたしの声に、スマホの中のメッセージが返事をする。

それでは、とわたしはスマホをカメラモードに切り替えてカシャカシャとシャッターを切った。角度を変えたり、フィルターを変えたり、接写にしてみたり。今まで彼のSNS上で見ていたけれど、やっぱり本物はまた違う。芸術作品だ。そしてそれは、綺麗なだけじゃなくとてもおいしそうだった。

ぐぅ、とお腹の虫が大きく鳴いた。慌ててお腹を押さえたけれど、どうやら原田くんは地獄耳みたい。すぐさまメッセージが飛んできた。

『食ってもいいけど』

「さすがに人様のお弁当まで勝手に食べないでしょ！」

また声に出してつっこんでしまうと、ククク笑うのを我慢する小さな声が窓の向こうから聞こえてきた。

そっと背伸びして窓の向こうに広がるベランダを見れば、黒い髪の毛がちょこんと揺れている。隠れているつもりなのだろうか。小学生みたいな彼の行動が微笑ましくて、わたしはその窓の下に腰を下ろした。床とコンクリートの壁がひんやりとして気持ちいい。

「今日はここでお昼食べようかな」

わざと大きな声で言ってから、なんの変哲もない自分のお弁当箱を広げる。

そうだ、わたしもサリ子の習慣をやっておこう。窓から見える青空にカメラを向けて、カシャリとシャッターを切る。いつものようにサリ子のアカウントにそれを載せればすぐにホイル大佐から〝いいね〟が届いた。首を捻って棚の上を見ると、彼のお弁当箱はいつの間にか姿を消している。

「いただきます」

そう言って、わたしは両手を合わせる。きっと彼も今、同じように両手を合わせているのかもしれない。

教室の中とベランダで、わたしたちは背中を合わせて座っている。ふたりの間にはコンクリートの壁や分厚い棚があったりするけど、それでもわたしたちは今、一緒にお弁当を広げている。同じものを見て、同じように息をしている。

ひとりで過ごしたお昼休み。ひとりで食べていたお弁当。ひとりで見ていたスマホの画面。

そっと後ろを振り返り見上げれば、突き抜けるような青空が窓の向こうに広がっている。

今日の空はいつもより、ずっとずっと明るくて眩しいみたいだ。


『ホイル大佐のお母さんって、すごく料理上手だよね』

『負けず嫌いで懲り性なだけさ』

『上手じゃなきゃあんなすごいお弁当作れないよ！』

『俺が小さい頃からああいうのが好きだっただけさ。ちなみに自宅ではミニチュアの家とか店とか作ってる』

『すごい！　本当に指先が器用なんだね。わたし不器用だから羨ましい』

『見せてもかまわんが』

『見せて！』

『一枚目は八百屋らしい。二枚目は花屋。三枚目はパン屋だと言っていた。四枚目はアニメストア』

『アニメストア！　お母さんもアニメ詳しいの？』

『嫌でも覚えるって言われた』

『たしかに。笑』


「おはよう原田くん」

「おはよう花室さん」

「今日の朝ご飯なんだった？」

「トーストと目玉焼きと飲むヨーグルト。花室さんは？　どうせまたスムージーとか言うんじゃないの」

「残念でした！　今日は昨日の夕飯の残りの牛丼でした〜」

「朝から消化能力が高いね」

「なんとでも言って」

「ねえ原田くん、次の歴史のテストなんだけどどこが出ると思う？」

「まさかとは思うけど、花室さんヤマをかけようとしてる？　テスト十分前に？」

「ちょっと昨日テレビ見たまま寝落ちしちゃって。へへ」

「いや、へへとかじゃない。アホなんじゃないの？」

「原田くん、歴史〝だけ〟は得意なんだから教えてよ〜」

「おや？　余計な言葉が聞こえた気がしたが」


ホイル大佐とサリ子は毎日メッセージのやりとりをして、原田くんと花室野乃花は毎日学校で会話をする。わたしは視聴覚室の教室内でお弁当を食べ、原田くんは視聴覚室のベランダでお弁当を食べる。こんな風に、わたしたちは友情を育んでいった。

ホイル大佐の考察や言葉選びはやっぱりとても秀逸で興味深かったし、普通の高校生の原田くんは、ちょっと変わっていておもしろかった。

お昼だって寂しくなんてない。ひとりだけどひとりじゃない。やっぱりわたしたちは、なんとなく合うのだと思う。話が合う。波長が合う。親友なんていうほどの密さではないかもしれないけれど、わたしたちは多分、もう友達だって言ってもいいくらいの仲にはなっている。――多分。

気付けばわたしは、彼にいろいろなことを話すようになっていた。親と喧嘩したとき、撮影で失敗したこと、テストで悪い点数だったとき。真剣に悩み落ち込んでいてもホイル大佐がくれる言葉はいつもそれを吹き飛ばしてくれるくらいに気楽だった。

『そんなの大したことじゃないさ』

『叫んできたら？』

『山芋侍に成敗してもらえばいい。必殺ヤマイモ斬り！　ニンニン』

『余計なことを考える暇があるなら、公園に行って走ってきたほうがいい。そしたら眠れるさ』

こっちは本気で落ち込んでるのに！と思うこともあったけれど、そんな彼にだからこそ話すことができたというのもまた事実。実際、それらは彼の言う通り実は大したことではなく、ひと晩寝れば自分の中で解決するようなことばかりだった。

——いや、そう思えるようになったのはわたし自身が変わったからだ。どんなに落ち込んでも、悲しんでも悔しがっても、必ず朝はやってくる。泣き腫らした目であっても明るく昇る太陽の光を浴びれば自然とこう思えるようになったのだ。

——まあいっか、って。

「空、真っ暗……」

いつも通りのお昼休み。今日は空がどんよりと曇っている。今にも雨が降りだしそうだ。原田くんは雨が降ったらどうするのだろう。窓の向こうにそっと意識を投げてみる。

ベランダは外ではあるものの、一応ちゃんと屋根だってある。小雨ならば問題ないかもしれないが、大雨や斜めに打ちつけるような雨が降ったら大惨事だ。そしたら原田くんは、こっち側に入ってきてくれるのかな。別に背中合わせだってかまわない。顔が見えなくても声が聞けなくてもそんなのは気にならないけれど、彼が雨に濡れてしまうのは困る。なんて言いながらも、大雨が降って原田くんがこちらに来てくれないかなと密かに願ってしまうこの気持ちを、人々は矛盾と呼ぶのだろうか。

びゅう、と窓から強い風がカーテンをはためかせる。これから降るのであろう雨の匂いがした。

「のん！　ここにいたんだ！」

ガラッとドアが開く音、それから響く大きな声。今まさに自分の背中側に声をかけようとしていたわたしはびくっと全身を揺らした。

──あ、どうしよう。

ずんずんと声の主はこちらに歩いてくる。

「どどどうしたの鈴木くん！」

焦ったわたしが立ち上がると、膝の上に置いていたお弁当がカシャンと床に落ちた。

「あーあ、落ちちゃったじゃん」

鈴木くんはしゃがみ込むと、お箸と最後に残ったひと切れのオレンジを拾い上げてお弁当箱に入れる。

「のん、いつもここで食べてたの？」

窓の向こうに原田くんの姿を見つけられてしまわぬように、わたしは彼のほうへと一歩進んだ。

「なんだよ、言ってくれれば俺もここで一緒に食べたのに」

ちょっとむすっとした顔をする鈴木くんを前に、わたしの意識は申し訳ないことに背中側へと集中している。

——わたしはいい。原田くんとお昼を食べていることが誰に知られたってかまわない。だけど多分、原田くんは嫌がるような気がした。

もしも彼にとって不快なことが起きてしまえば、原田くんはまたわたしのことを拒むかもしれない。そう思うと怖くて、どうか鈴木くんがベランダを見ませんようにと必死にわたしは祈ってしまった。

しかし鈴木くんはベランダの気配にも、わたしのそんな様子にも気付かずに屈託なく笑う。

「のんに見せたいものがあってさ、探してたんだ。もう食い終わったんなら教室戻ろう」

そう言って目尻を下げる彼を見ながら、わたしはうんうんと頷いた。うまい言葉も出てこない。わたしって、こういうときに機転がまったく利かないタイプの人間らしい。

お弁当箱とペットボトルを小さな手提げに入れて、ドアへと向かう鈴木くんの背中を追った。

ちらりと小さく振り返る。窓の向こう、少しだけ覗いた黒い髪の毛が、風を受けてひらりひらりと揺れていた。

視聴覚室を出たわたしたちは、誰もいない三階の廊下を階段目指して歩いていた。下の階から聞こえてくる賑やかな声は、たったひとつしか違わないこの場所の静けさを強調するようだ。同じ校舎の中だというのに、ここだけ現実とは切り離された世界のようにも感じられ、いつの間にかわたしのお気に入りの空間となっていた。

「いつもあそこで食べてたの？」

鈴木くんはくるりとこちらに体を向けると、その状態で後ろ歩きをしながら廊下を進む。

「えーっと……今日はたまたま、かな？」

あの場所は、原田くんとわたしの秘密の場所。そんな思いから、答えを濁してしまう自分がいる。

「ふうん。で、いつもひとりで食ってた？」

「えっと……まあその、ひとりのときもあるしって感じかな」

ひとりというわけでもないんだけど。相変わらずわたしは嘘をつくのが下手だ。原
田くんには嫌みで『女優にもなれるよ』なんて言われるけれど、絶対に無理。今度正
式に抗議しなくては。

鈴木くんはそんな煮えきらないわたしの言葉に、ふうん、と唇を尖らせていたが、
わたしは大して気にもしていなかった。

それよりも、原田くんは大丈夫だろうか。鈴木くんとの会話はベランダにいた彼に
も聞こえていたはずだ。わたしたちはいつも窓を開けてお昼を食べていたのだから。

彼はどんな風に思っただろうか。あとでメッセージで謝っておこう。

ひと言も断りを入れずにその場を離れてしまったことにチクンと胸の奥が痛む。

「明日からはさ、俺と一緒に食おうよ」

「え？」

鈴木くんから思いがけない言葉が飛び出し、わたしはその場で一歩立ち止まる。し

たしそれに気付かない彼は、ポケットに両手を入れたまま言葉を続けた。

「俺、のんと一緒に昼飯食いたい」

鈴木くんはヒーローみたいな人だ。ひとりぼっちになったクラスメイトを放っておけない。そういう正義感を持っている。

「わたしなら平気だよ？」

心配してくれているのはありがたいが、実際にわたしはひとりきりでお昼を食べているわけではない。教室に居場所がないと感じて、中庭でひとりランチをしていたのは、もう過去の話だ。今のわたしにとって学校での一番の楽しみは、視聴覚室で原田くんと過ごすお昼休みになっている。あの時間は、本当に特別なのだ。みんなが知らなくてもいい。原田くんとわたしだけが知っていればいい大事な時間。

しかし鈴木くんは、ため息をつくとむっとした表情でこちらを見る。いつも笑顔の彼のこういう表情は、ちょっと新鮮かもしれない。

「のんが平気とかそういうんじゃなくて。俺が一緒にいたいんだってば」

少しだけ怒ったような口調の鈴木くん。だけど本当に怒っているわけではないということは、彼がわたしに合わせてくれる歩幅でわかる。この人は、本当に優しい人だ。

わたしがにこにこと笑顔を返すと、彼はさらに眉を寄せて、それから「そんな顔されたら、敵わないよなぁ」とため息を吐き出した。

そうしているうちに、廊下の端までやってきた。鈴木くんは長い廊下の実に三分の二以上を後ろ歩きで移動してきたというわけである。やっぱり運動神経がいい人はバランス感覚も優れているみたいだ。体育の成績がいつも五段階評価の三であるわたしとは、体のつくりが違うのだろう。

もうすぐ階段だというのに、彼は相変わらずにこちらを向いたままで移動している。視線はずっと、わたしの瞳を捉えたままだ。

まさかこのまま後ろ歩きで階段も下りるつもりじゃないよね？　さすがにそれは危ないと思うんだけど……。

「──なんで、って聞かないの？」

彼の左足がまたひとつ、後ろに下がる。そこはもう、階段の段差ギリギリだ。

「鈴木くん後ろっ……！」

危ない！とわたしはとっさに鈴木くんに手を伸ばした。──と、動きを止めた彼はパシリとわたしの手を掴む。その反動で、わたしはつんのめるように彼のがっしりとした胸板へと引き寄せられてしまったのだ。その距離、ほんの十五センチ。目線の先には男の子特有の喉仏があって、頬が熱くなったわたしはそっと顔を背けた。

男の子とこんなに近い距離で向かい合ったことは一度もない。

「なんで、って聞かないの？」

その近い距離で鈴木くんはもう一度、今度は優しさと甘さを含めた声で同じ質問を繰り返し、指を絡ませるようにわたしの右手を握り直した。どくん、と胸が痛いほどに上下する。

──待って、おかしい。なにが起きているの？

状況を整理しようと深呼吸をした瞬間、鈴木くんのささやきが耳元で掠れて響く。

「のんのことが、好きだからだよ？」

人気のない三階、美術室前の廊下の端。わたしが密かに願った雨が、一気に降りだしたのだろう。ボツボツボツボツと窓に水滴が弾ける音が、幾度にも重なりわたしの心を揺らしたのだった。

〝別〟だっただけなんだ　―原田―

初恋は小学三年生。ただただぼーっと瞳に映していたテレビの画面が、急に輝きだしたように感じた。俗に言う、ひと目惚れというやつだ。ハルミーは今でも俺の特別だ。

【ハルミー】魔法戦隊ポリポリポピーの第二戦士。ふわふわの天然お嬢様。だけど実は超天才。ポリポリポピーのブレーン。

現実の女子になど、興味を持ったことはない。かわいいとかスタイルがいいだとか、性格がいいとか悪いとか。誰が頭がよくて誰がスポーツができるとか。今までの小中学校、そしてここまでの高校生活を振り返っても、印象に残る女子というのは俺の中には存在しないのだ。みんな同じ顔、へのへのもへじといった具合だ。

俺のことをキモいと言ったのがどこの誰だったのか、アニメの世界へ帰れと馬鹿にしたのはどこの誰だったのか。そうした言葉や出来事は記憶していても〝誰が〟という主語の部分が抜け落ちている。

しかし、そこは大きな問題ではない。友達でもなんでもない、俺の人生に無関係な人間がなにを言おうと知ったことではないのだ。

ふぅ、と細長い息をどんよりとしたグレーの空に吐き出す。ＳＮＳを開けばポリポリポピーの公式アカウントから、サリーのかわいいイラストがあがっていた。

もともと俺は、ハルミーが好きだ。ふわふわとした女の子らしいところがいい。おとなしく、自ら前へと出ていくタイプではないけれど、頭の回転が速くて機転の利くハルミー。

そんなハルミーとは正反対ともいえるサリーは、俺にとっては魅力を感じないタイプだった。──はずなのに。

「サリー、かわいいな……」

そうつぶやいたとき、ポツ、と小さな雨粒が上履きの先にシミを作った。もしかしたら、これから大雨になるかもしれない。それでもすぐに立ち上がる気になれないのは、壁を挟んだ向こう側から彼女が立ち去ってしまったからだろうか。

外の世界にはまったく興味を持たなかったあの頃に、戻りたいなと思うこともある。アニメだけが自分の世界で、現実こそが仮の世界だと思い込んでいたあの頃。しかしその反面、もう戻れないとも思ってしまう。

卒業してしまえば、もう花室さんと関わることはないだろう。そんな人のせいで心を乱されるなんて、望んでいないのに。どうして俺は、こんなにもすっきりしない気持ちでいるのだろうか。

怒りとも違う。悲しみとも違う。いや、花室さんが鈴木に連れ去られたことのなにが問題なのだろうか。

ふたりとも自分にとってはただのクラスメイトだ。彼らがうまくいったとしても、俺には関係がないはずだろう？　それじゃあこのもやもやと渦巻く感情の正体はなにか。自分に問いかけても、わからないとしか答えようがない。

アニメならば、こういうときに颯爽と飛び出して彼女の腕を引き寄せるんだ。『こいつの手を引いていいのは俺だけだ』と言って、ヒロインがきゅんとするというのが相場。それなのにいざそういう場面に遭遇してしまった俺は、ベランダに隠れ、じっと息を潜めていることしかできなかった。

花室さんは俺にとって特別なんかではない。だけど、他のクラスメイトとは異なる存在あることはたしかだ。だって彼女は俺の正体を──俺がホイル大佐だということを知っている。それだけで、他の人たちと〝別〟であると言うには十分だろう。

今考えてみれば、花室さんと隣の席になってから、俺の中では小さな変化が起こり始めていたのかもしれない。

他人には興味を持たなかった俺が、鼻高々に勘違いしている花室さんに対して嫌悪感を抱いた。花室さんを裏で悪く言う女子たちの会話が耳に入って、チクチクと首の後ろあたりが痛くなった。騙されたことに心底腹が立ったし、花室さんのことが大嫌いだと思った。かと思えば放っておけず、初めて他人を許すということを知り、そして今――。鈴木と一緒にこの場所を出ていった彼女に対し、表現のしようがないもやもやとした気持ちを抱えている。

昔の俺が今の俺を見たら、どんな嫌みを言うだろうか。彼女が俺のことを変えた。それだけは、認めざるをえない事実なのだ。

「だからって、彼女は俺とは違うじゃないか……」

ぽつりぽつり。コンクリートのベランダに落ちるシミは次第に大きくなっていく。

俺はアニメとネットの世界で生きていて、彼女は充実した現実を生きている。タイプではないけれど、読モなるものをするくらいなのだからきっと美人なほうなのだろう。今までは鼻につく高飛車なところもあったが、どうやらそれは彼女の本質ではなかったらしい。クラスの人気者というところから今は外れてしまっている彼女だが、時間が解決してくれるだろう。

ひとりでも楽しめるアニメの世界を愛し、嫌だと思えば指一本で排除できるSNSの世界で生きている自分とは、彼女は違いすぎるのだ。

今でもアニメが俺にとって一番の愛すべきものであることは変わらない。アニメは俺の家族であり、親友であり、そして世界だ。なかなか友達ができずに寂しい思いをしていた幼い頃、俺はアニメに救われたのだ。

アニメと出会ったからホイル大佐が誕生して、そこで俺は多くの人々と出会った。現実世界に親しい人がいなくても、ネットの世界にはたくさんの同志がいる。それにこちらの世界は、現実のものに比べてとても気軽だ。話が合う人とだけ話をして、合わない相手は即ブロック。簡単なことこの上ない。

クラスのやつらが楽しそうに校庭でサッカーをしている姿だとか、放課後にカラオケに行こうと誘い合っている場面だとか、彼女がどうだこうだと幼稚に騒いでいることなんて気にもならなかった。――とは言い切れないかもしれない。

本当は、眩しく映る。楽しそうに現実世界を生きている人たちを見ると、眩しくてめまいがする。見るつもりなんてない。それでも同じ空間で生活をしていれば、嫌でも視界に映ってしまう。そんなときには、奥歯にぐっと力が入ってしまうのだ。

現実世界での友達なんていらない。

理解者なんて必要ない。

遊びに行くなんて面倒くさい。

幼稚なやつらと話が合うわけがない。

そうやって、いつも自分に言い聞かせていた。だってそうだろう？　いくら俺が彼らを羨んでも、光の輪の中に飛び込みたいと願っても、彼らは俺を受け入れたりはしないのだから。そんなことくらい、俺だってわかっているんだ。

鈴木が花室さんに気があることには、ずいぶん前から気付いていた。というか多分、気付いていないのは花室さんくらいだと思う。

クラスの人気者で、成績はよくないけれど明るくスポーツ万能な鈴木。クラスの中には見えないピラミッドがあって、あいつはそのトップにいる。俺は言わなくてもわかるだろ？　一番下さ。いや、もしかしたらその三角にすら入っていないのかもしれない。そして花室さんも、間違いなくトップにいるべき人間だ。

花室さんが前髪を切って、それをかわいいと言う鈴木。俺だって、彼女が教室に入ってきたときに気が付いていたんだ。

花室さんが載った雑誌を立ち読みして、表情がいいと褒める鈴木。俺だって、アニメの雑誌と一緒に勇気を出してあの雑誌を買ったんだ。まだ表紙を開くことさえできていないけれど。

花室さんの消しゴムが前のほうへ転がれば、自分の消しゴムをすぐに手渡す鈴木。それを拾おうと前かがみになったところで、『原田、腹痛か？』と先生から言われすぐに席へと戻った俺。

そしてなにより彼女が精一杯の勇気を出したとき、俺と鈴木はまるで正反対ともいえる行動をとった。花室さんが女子たちに頭を下げたときのことがよみがえる。俺はあのとき『謝るほうは気楽でいい』と彼女を傷つけ、そんな俺に『ふざけるな』と鈴木は怒ったのだ。

花室さんと俺じゃ、違いすぎるんだ。鈴木と俺じゃ、違いすぎるんだ。花室さんと鈴木は、お似合いじゃないか。

花室さんは、俺にとって〝特別〟なんかじゃない。ただちょっと、ほんの少しだけ——他の人たちとは〝別〟だっただけなんだ。

「鈴木くんがわたしを好き……かぁ……」

お風呂の温度は四十度。ぶくぶくと湯舟に鼻先まで浸かると、ぶわりと頭のてっぺんまで熱が上がる感覚がした。

わたしのことを好きだと言った鈴木くんは、あのあとひとつの提案をしてきた。それは、一カ月異性として意識しながら接してみて、それから答えを出してほしいということ。すぐにわたしが答えられないということをわかっていたのかもしれない。

ちなみに、わたしが以前見かけた女性は恋人ではなく、年上の幼なじみだったらしい。『のんに誤解されてたって気付かなかったわ』なんて、鈴木くんは大げさに胸を撫で下ろしていた。

はあ、と大きな息を吐き出しながら今度は天井を見つめる。

嬉しくないと言えば嘘になる。だけど驚きのほうが大きかった。

そしてなにより――どうしてか、原田くんの顔がずっと頭に浮かんでいたのだ。

『今日はごめんね。雨、大丈夫だった？』

お風呂から出たわたしは、意を決してホイル大佐にメッセージを送る。昼休みを終えたあとはどうしてか、原田くんのほうをまともに見ることができなかった上に、SNSをチェックすることすらできなかったのだ。

教室へ戻ってきた原田くんの上履きは少しだけ濡れていた。彼はそのあと、ひと言もしゃべらなかった。

『まったくもって問題ない』

ホイル大佐からのいつも通りの返事に、ほっと安堵の息をつく。別に悪いことをしているわけではないのに、秘密を隠している子供のような気分だ。

『鈴木、必死だったな』

続いて送られてきたメッセージに、今度はドキリとしてしまう。まさか告白を聞かれていたのだろうか。

なんと返せばいいか考えていると、そのあとにもメッセージは続いていた。

『鈴木の気持ちに気付いていないのはきみくらいだよ』

……そうなの？

『きみは知らないだろうけど、クラスのやつらもふたりが付き合うのは時間の問題だと話していた』

炎々と綴られる文字に、胸の奥がぐらぐらと揺れる。

『原田くんは？　原田くんはどう思うの？』

メッセージではホイル大佐と呼ぶようにしている。だけど今のわたしは、原田くんの気持ちが知りたかった。

原田くんも、わたしが鈴木くんと付き合うだろうって思っているの――？

『きみたちなら、お似合いだろう』

知らぬ間に祈るように握っていたスマホに表示された無機質な文字。

ぱきんと嫌な音を立てて折れたのは、どうやらわたしの心みたいだ。

「のん、おはよう！」

翌朝学校へ行くと、鈴木くんが明るく声をかけてきた。驚くほどにいつも通りで、ちょっとだけ拍子抜けしてしまう。

もしかして昨日のことは、わたしの夢だったのかもしれない。

しかし鈴木くんはまじまじとわたしの姿を見ると、腕を組んで唸った。

「のんは本当に、毎日すげーかわいいよな」

「……へっ？」

「早く、俺の彼女ですーって自慢したいわ」

「……ええっ！」

顔を真っ赤にしたわたしが大きな声を出すと、鈴木くんは楽しそうに笑って、ホッケー部の仲間たちのもとへと歩いていった。

――どうやら夢じゃないみたい。

ちらりと隣の席へと視線をやれば、原田くんはやはり絵を描いていた。

それからの鈴木くんの行動は、今までとはまったく違う色を見せた。以前から優しい人ではあったし、誰に対しても気さくで親切だった。しかしその優しさは、わたしに対して色濃く表れるようになったのだ。

会うたびにちょっとしたことを褒めてくれて、困ったことがあるとさりげなく手を貸してくれる。

彼の好意が本物であると、わたしは認めざるをえなかったのだ。


「――今日もいない、か」

昼休み、わたしは今日も視聴覚室へと足を運ぶ。

原田くんはあの日以来、この場所に姿を現さなくなった。ホイル大佐とのメッセージのやりとりは続いているものの、なんだか少しぎこちない。それは毎回わたしがお昼ご飯をどこで食べているのかをたずねるからで、ホイル大佐は『任務があったでござん』などとはぐらかし、頑として教えてはくれないのだ。

わたしには原田くんの気持ちがまったくわからなかった。だけどもっとわからないのは、自分の気持ちだ。彼に『お似合いだ』と言われたことが、今でも心に重くのしかかっている。

わたしは小さくため息をつくと、お弁当を持ったまま教室へと戻った。すると、一緒に食べようと待ってくれていた鈴木くんが、嬉しそうな笑顔で大きく手招きするのだ。

——これがここ最近の、お昼休みの一連の流れである。

不思議なことに、鈴木くんとの時間が増えるのと比例するように、わたしの周りはまた賑やかさを取り戻していった。一度離れていったクラスメイトたちも、タイミングを見計らっていたようにまた声をかけてくれるようになった。

たくさん話して、たくさん笑って、一日なんてあっという間に終わってしまう。だけどすべてが元通りになったかといえばそういうわけではなかった。

わたしは自分の失態を知り、みんながそれで不快な気持ちになったことも知っている。謝ったからといって過去が変わるわけではないし、壊れた関係はそう簡単に修復できるものでもない。だけどここは学校という狭い世界で、卒業の日を迎えるまで、わたしたちは毎日顔を合わせなければならない。それならば、穏便に平和に、誰もが傷ついたり傷つけたりしなくてもいいようにうまくやっていかなければならないのだ。

一度割れた瓶はもとには戻らない。だけど社会というのはきっと、もとに戻ったように繕わなければならないものなのだろう。こういうことがわかるようになったのだから、わたしも、そして彼女たちも少し大人になったのかもしれない。適度に距離をとって無難な受け答えをして、好きなものを好きだとか、嫌なものを嫌だと言わず、穏便に。これを成長と呼ぶのならば、それは寂しいことでもあるけれど仕方ない。

大人になりたい。だけどなりたくない。

いつだって心の中は矛盾だらけだ。


「──幼なじみがさあ、ちょっとやられてて」

放課後、教室に残っていた鈴木くんとわたし。最近では、彼の部活がない日には一緒に帰ることもある。

ちょっと待ってねとスマホをいじる彼を前に、わたしはぼーっと窓の外を見ていた。今はテスト前だから部活は休みだ。あくびを噛み殺そうとしたところで、彼がスマホから顔を上げた。

「あの美人な幼なじみさん？」

ちらっと見かけただけでよく覚えてはいないけれど、すらりとした美人だったような気がする。彼はわたしの言葉に顎を引くと、「就活で行き詰まってるらしくてね」

とまたスマホに視線を落とした。

どうやらメッセージを送っている相手は、その幼なじみさんらしい。

「就活かぁ。なんかすごく、大人って感じ」

「そう？　のんよりもずっと幼いけど」

そう言いながら笑う彼を見て、幼なじみっていいなぁと思う。わたしも年下の男の子の幼なじみに『お前本当いつまでもガキだよなぁ』なんて言われるシチュエーションにとてつもなく憧れる。だってそんなの、まるで少女漫画みたいだもん。

残念ながらわたしにはそう呼べる存在がいないので、幼なじみがなんたるかは厳密にはよくわからない。だけど多分、いつも味方でいてくれるとか、幼なじみにしか許されないなにかとか、そういうものがあるのだろう。

「わたしも幼なじみ欲しかったなぁ」

そう言えば、鈴木くんは「面倒くさいだけだよ」と笑う。

「姉弟みたいなもんだよ。奴隷のように顎で使われてきたんだから」

「わたしひとりっ子だから、そういうのなおさら憧れるよ」

わたしの言葉に、鈴木くんはふわりと優しく微笑んだ。夕焼けのオレンジの光が彼の茶色い髪の毛を透かす。

「じゃあ俺がのんの幼なじみになるよ。今からさ、おじいちゃんおばあちゃんになるまで一緒にいたら、それはもう立派な幼なじみって言えるんじゃない？」

ふわふわと彼の髪の毛が風で凪いでいる。

鈴木くんもわたしもこれから大学生になって、成人式を迎えて、就職して働いて、おじさんおばさんになって、そしていつかはおじいちゃんおばあちゃんになるのだろう。だけどそんなの、想像もつかない。ほんの数年後のハタチですら、イメージができないのに。

それでもたしかに、その〝いつか〟はやってくる。そのときわたしの隣には、誰かがいてくれるのだろうか。いるとしたら、それは一体誰なんだろう。

「のんはさ、やきもちとかないわけ？」

「え、なにに？」

学校を出たわたしたちの影は、夕焼けの光を受けて長く伸びている。こうして並ぶと、鈴木くんの背が高いことがよくわかる。影だって鈴木くんのものはわたしのものよりずっと長いのだ。

「普通、彼氏に異性の幼なじみがいたらやきもきしたりするじゃん？　まあ、まだ俺はのんの彼氏ではないけどさ」

「うーん……あまりピンとこないなぁ」

—俺だったら絶対妬く。もしものんに、心を許している男がいたらね」

そのとき、思わず歩みが止まってしまった。心の中に浮かんだのはホイル大佐である原田くんだ。鈴木くんと付き合うことになったら、ホイル大佐とのメッセージのやりとりも控えなければならないのだろうか。

「そこに恋愛感情がなくても、鈴木くんは嫌だなって思うの？」

「のんは鈍いからな。相手に恋愛感情がないかなんて、そんなのわからないじゃん」

「絶対にない場合！」

そう、絶対に原田くんがわたしに恋愛感情を持っているはずがないのだ。

しかし、鈴木くんはくるりとこちらを振り返ると、両手でわたしの肩を掴んだ。

「なあ、のん。男と女って、どうなるかわかんないもんだよ」

彼の目は真剣そのもので、わたしはなにも言うことができなかった。

この世の中には、わたしの知らないことがどうやらまだまだあるようだ。

ぴかりん召喚　―原田―

『久しぶり！　元気だった？』

自分でもどうかしてると思う。

なんで俺が、わざわざどうして、またこのアカウントを復活させたのかって。

『ぴかりん？　どうして……』

その言葉のあとに、相手が入力中だということを知らせる吹き出しマークがポワンポワンと動いている。しかしそれを待たず、先手必勝とばかりに次の言葉を打ち込んだ。

――彼女の言い訳よりも早く。

『女の子同士なんだし！　いつでも相談に乗るよ♪』

パッと画面にその言葉が並び、自分で打ったものだというのに俺は頭を抱えた。

いやいやおかしい、どうかしている。なにが女の子同士だ！　俺は男で、そのことは彼女だって知っていて、こんなの無理やりすぎるってわかっている。

だけどこれしか方法が思いつかないんだ。なんとしてでも、途切れさせたくなかった。なんとしてでも、つながっていたかった。物理的に彼女と俺は隣の席で、毎日のようにちょっとした会話はする。だけどこの電波を介してのやりとりを、サリ子という彼女とのつながりを、俺はなくしたくなかったのだ。

特別なんかじゃない。別に大事に思うとか、ましてや彼女とどうこうなりたいなんてこれっぽっちも思っていない。ただ、俺にとって彼女は唯一とも呼べる、どちらの世界の俺も知っている友達なのだ。彼女に確認したことはないから、一方通行かもしれないけれど。

——それでもたしかに、〝友達〟なのだ。

ことは十五分前に遡る。きっかけは、ホイル大佐に送られてきたとあるメッセージだ。

『もしもホイル大佐に恋人ができて、その人が異性と連絡を取っていたらやっぱり嫌？』

差出人はもちろんサリ子だ。突然こんなことを言いだすなんて、なにかあったのだろうか。

鈴木に俺とやりとりしていることを知られた？　いや、それは考えづらい。

花室さんは鈍い。この俺が言うのだから間違いなく、彼女は鈍感で気が利かない。だけど決して、口が軽いわけではないし、軽率なわけでもない。いくら彼氏になりそうだからといって、俺とSNSでやりとりしていることを鈴木に話すとは思えない。

それにしても花室さん、やはり鈴木と付き合う気なのだろうか……。

とにかくアドバイスを欲しがっていることは理解できる。答えは簡単だ。『なんの問題もないさ。そんなのでやきもちを焼く男は器が小さいだけだ』と答えればいい。

しかし。

『嫌に決まっている』

なぜかそう返事をしてしまっていた。

頭に浮かんだのは、花室さんが鈴木と楽しげにメッセージをやりとりする姿。その瞬間、嫌だと思ってしまったのだ。

そしてその直後、俺は頭を抱えた。これはすなわち、鈴木と付き合うならばホイル大佐とは縁を切れと言っているようなものだ。どうしてここに削除機能がないのだろうか。絶望することに、その言葉の脇にはすでに既読の文字がついている。

まずい……これは非常にまずい……。

『やっぱりそうなんだね……ありがとう』

絵文字ひとつない彼女からの返信に、深いため息が口から落ちる。

いや、大丈夫だ。これでいい、なにも問題はない。俺だってサリ子とのやりとりに依存していたわけではない。そんなものがなくたってかまわないし、面倒事には巻き込まれたくないのだから本望だ。

そう思う頭と裏腹に、指先はもう使うことのないはずだったあのアカウントのＩＤとパスワードを入力していたのだ。

【ＳＮＳ初心者の女子高生。毎日のどうでもいいこと、かわいいもの。料理勉強中！】

――ぴかりんの復活だ。

そして冒頭に戻る。

こんなに馬鹿げたことを自分がするだなんて思わなかった。なによりもかっこ悪い。

昔見たアニメで、振られた男がいつまでも女々しく女のことを追いかけるという話があった。あのとき、なんてかっこ悪いキャラクターなんだろうと思ったものだ。なりふりかまわず、そこまでやるか？というようなことをしてしまう。恋なんてしたことはないけれど、絶対に俺はこういう男にはならないぞと誓った。――はずなのに。

あの頃の俺に教えてやりたい。人間なりふりかまわず行動してしまうこともあるのだぞ、しかも無意識に。

ポワンポワンと入力中を知らせるマークが画面の上を踊る。やっぱり〝ぴかりん〟としてでもだめか。そりゃそうだよな、相手が俺だということをサリ子は知っているのだから。それなのに、女同士の会話だ、なんて詐欺もいいところだ。

どうしたものか。もはやここまでか。いやいや、まだ他になにか策があるはずだ。クラスのやつらが言うように、あのふたりは付き合うことになるのだろう。俺だって付き合うということに対しての知識くらいはある。気持ちはわからないけれど。

恋愛っていうのはあれだろ。お互いを束縛し合って監視し合って、他の誰かに目移りしないかいつも気に病んで嫉妬に狂って傷つけ合って——とまあ、かなり偏った見識だというのは認める。だとしても、面倒だ。生身の人間同士だからこその面倒くさがそこにはある。腹の奥底ではなにを考えているかわからないとか、そういうのだ。

とにかく、花室さんと鈴木のそういった面倒事に巻き込まれるのはごめんだ。だからこそ、お昼だって別の場所で食べることを選んだんだから。

俺が思うに、花室さんは恋に夢を見ているのだ。きちんと警告をしておかないと、傷ついて泣くことになるのは花室さんだ。

これから彼女は、鈴木との恋愛の中でさまざまな壁にぶち当たることになるのだろう。そういうときにアニメではいつだって、味方になってくれる友達がいるというものだ。彼女にとってその相手は誰なのかといえば、それはきっとこの俺だ。いや、ホイル大佐はだめだ、異性だからな。だからこそ、こんな今こそ！　ぴかりんを召喚するときなのだ。

『ぴかりんは、女の子としてこれからもわたしとやりとりをしてくれるっていうこと?』

きっと何度も打っては消してを繰り返したのだろう。どうやって返事するべきか考えていたのかもしれない。待ち時間にしては短い返事が送られてきた。

よし！　いいぞサリ子！　そうだ！　そういうことだ！

俺は小さくガッツポーズを作る。花室さんが単純で……いや、ピュアでよかった。

『そうだよ！　女同士の会話だもん。邪魔はさせないゾ！』

いやあ、指が勝手に動く。頭の中のぴかりんが生き生きと言葉を紡いでいくのだ。こんなの、俺じゃ絶対にできない。ぴかりんだからこそのなせる業だ。なんだよ、ゾって。ゾ。いや、これは俺じゃない。ぴかりんの台詞だ。俺じゃない。

『ぴかりん！　いろいろ相談に乗ってほしい！』

どうやら完全に納得したらしい。というか、この状況で納得できるサリ子も大概だ。だけどそんな彼女で助かった。これで俺たちは、これからも堂々とやりとりすることができるのだから。

――任せてよ！と俺の中のぴかりんがスカートをひるがえしながらくるんと回る。

――これでつながっていられると、俺の中のホイル大佐がほっと胸を撫で下ろす。

――この先が肝心だ。もしもこの先彼女と鈴木が付き合うことになったら、必ずまた同じ問題が降りかかる。そのときに俺とのつながりを絶とうだなんて彼女が思わないような関係を作っておかなければと、原田洋平が頭をフル回転させる。

サリ子は友達だ。原田洋平とホイル大佐の正体を知るたったひとりの人。知った上でそのどちらも、ぴかりんまでをも受け入れてくれた人。幼い俺の過ちを許してくれた人。初めて俺が腹を立て、そして許すことができた人。つながっていたいと、強く強く願う人。

——失いたくない。どこにも行ってほしくない。

他の人たちとは違う。花室野乃花は原田洋平の、大事な大事な友達なんだ。

闇は自分のすぐそばに

「なに、誰とやりとりしてんの？」

「ぴかりん！　この間新しいおかずの作り方教えてあげたんだ」

「またぴかりん？　本当仲いいよな。ＳＮＳの友達なんだろ？」

机に頬杖をついたままこちらを見ている鈴木くんはそう言うと、ぐびりとスポーツドリンクを飲んでからさらに続けた。

「直接会って話したり遊んだりできないのに、楽しいの？」

一緒に過ごすようになってわかったことだが、鈴木くんはＳＮＳにはまったくと言っていいほど興味がない。ＳＮＳのアカウントなんてひとつも持っていないし、アクセスをしたことすらないらしい。彼曰く、友達もいて部活もあって他になにかを始める余裕も必要性も感じないとのこと。実に鈴木くんらしい意見だ。

「メッセージのやりとりだけでも楽しいよ？」

「うーん。顔の見えないやりとりって、なんか実体がない感じで気味悪くない？」

鈴木くんは正直だし、まっすぐだ。

「わたしはそう思わないかな」

「でもさ、SNSって匿名でもできるんだろ？　変なやつから悪いメッセージとか来たりしていない？」

彼が言っているのは、わたしのことをよく思わないアンチの存在だろう。

「そんなのないよー」

「出てきたら俺が特定して吊し上げてやるからな」

「その前に鈴木くんSNSやってないでしょ」

からかうように言えば、彼は「いざとなったらいくらでも！」とシャツの袖をまくってみせた。

だけど本当のところ、わたしは嘘をついていた。読モのコンテストで優勝してから今でも、定期的にアンチコメントやメッセージは届いている。根絶させることは不可能に近いということも学んできたし、まったく気にしないというのは難しいものの、流すスキルも少しずつだが身につけてきている。それでもここ最近、目に見えてその嫌がらせがヒートアップしていたのだ。

しかも今までのものとはタイプが異なる。これまで、不特定多数のアカウントから送られてきていたものが、いつも同じアカウントから届くようになったのだ。アイコンの写真は設定されておらず真っ黒。わたしがブロックをしないからか、毎日何通も送ってくる。

『夏のワンピース特集のポージングが下手で笑顔が引きつっててキモい』

『今すぐにやめろ』

『足が太すぎて見る気失せる』

『学校で嫌われてるんでしょ？』

『男に媚びばっか売ってて最低』

こんな感じのメッセージだ。それに対してひとつひとつ返信するのはやめた。以前はそれらにも誠実に向き合おうとしていたけれど、そんなやつらに付き合う必要はないとホイル大佐に怒られたからだ。

魂を削られるだけだ、と彼は言った。一方的に誌面上のわたしを知っているだけで、向こうは立場も明かしてこない。そんな相手からの意味のない悪意にいちいち反応したって、相手は喜ぶだけだ。とにかくブロックをしろとそう言われた。

——まあブロックはしてないのだけど。

だってきっとブロックをしたって、また新しいアカウントを作って同じように言ってくるだけだ。以前、わたしが原田くんに対してそうしたように。最善策は反応をしないことで、相手が飽きるのを待つしかない。

これらのことを鈴木くんに話していないのは、過度に心配をかけてしまうと思ったからだ。鈴木くんはＳＮＳの世界には詳しくないし、きっとその分余計に気にしてしまうだろう。

「なにかあったらいつでも言えよな。俺はいつも、のんの味方だ」

こうやってにこにこと笑っている鈴木くんがとてもいい。鈴木くんにはいつも笑顔でいてほしいと、そう思う。これは〝恋〟というものなのだろうか。まぶたの裏に、また原田くんの顔が浮かんだ。


『ちょっとサリ子！　またあいつからコメント来てるじゃん！』

その夜、ぴかりんからメッセージが届いた。ぴかりんはご丁寧にのんのんのアカウントまでフォローしてくれている。

「はあ、またか……」

ため息とともにのんのんのアカウントを開いてみればたしかに。またあの〝名無し〟さんからコメントが届いていた。よくもまあ毎日毎日、その情熱を別のことに使えばいいのに。

『読モなのにアニメオタクとかキモすぎ』

今日は雑誌のウェブ版のインタビューが配信される日だったことを思い出す。雑誌の公式ホームページのとあるコーナー。ここでは読モのインタビュー記事が週替わりで更新され、今週はわたしのものだったらしい。わたしはそれを確認してから、心配してくれたぴかりんに返事をする。

『今気付いた！　大丈夫だよ、きっとそのうち収まるから』

きっとなにをしてもしなくても、いろいろと言いたい人はいるのだ。顔と名前もわからない、インターネット上では特に。

『ぴかりんオコだぞ！　なんであいつのこと、ブロックしてないわけ？』

『ブロックしても意味ないかなぁって思って。アニメを侮辱するのは腹立つけどね』

『それは言える。運営に通報』

ぴかりんが名無しアカウントを通報するのは何度目だろうか。もちろんあんな言葉を言われていい気持ちはしない。だけど人間というのは不思議なもので、ある程度経験すると慣れてくるものでもあるらしい。またか、嫌いなわりにはわたしのことチェックしてるじゃん！くらいには思えるようになっていた。そんな発想の転換も全部、ホイル大佐が教えてくれたことだ。

『まあいいんじゃない。どうせサリ子と名無しが直接会うことなんてないんだし』

ぴかりんの言う通りだ。きっとこの人とわたしが出会うことなんて一生ないんだろう。そう思えばただの落書きにも見えた。

『あたしがなにかこいつに言ってやってもいいんだけど、火に油を注ぐようなもんだから。ＳＮＳではよくあるんだよね、第三者介入によりさらに炎上するみたいな』

たしかに以前、ホイル大佐への誹謗中傷にホイル部隊のみなさんが猛反撃していたことがある。その間、当の本人はそのことについて一切言及しなかった。

『SNSは簡単で気軽で、そして面倒な世界ピカ』

軽快なステップを踏むように画面に現れるぴかりんの言葉に、わたしはうんうんと頷く。

それでもこんな世界に惹かれるわたしたち若者は、一体ここになにを求めているのだろうか。

「のーんっ！　明日撮影でしょ？　一緒に行かない？」

翌日のお昼休み、美香ちゃんが教室にやってきた。最初のうちは美香ちゃんを〝有名人〟として扱っていた学校の子たちも慣れというものがあるのか、今では大げさなほどの反応はしなくなっている。それでも彼女は、相変わらずかわいくて人気者ではあった。

「明日の撮影、わたしじゃないよ」

「え？　西山さんからのんに声かけるって聞いてたんだけど」

美香ちゃんがきょとんとした表情で首をかしげる。その仕草ひとつをとっても完璧だ。

「うん、連絡は来たんだけどね。明日は用事が入ってたから断ったんだ」

事実をありのまま伝えれば、美香ちゃんは不服そうに唇を尖らせた。

「なにそれ〜。デートとか？」

「ううん、地元の友達と久しぶりに会う約束してるの」

美香ちゃんはぴた、と動きを一瞬止めると、そのあとに「そっかぁ」と残念そうに肩を落とす。

「のん、なんか最近変わったよね。今までなら、撮影をなによりも優先していたのに」

美香ちゃんからのさりげないひと言。決して他意のない、過去の事実。その言葉に、わたしは眉を下げることしかできない。

撮影は楽しい。しかし、突然入る撮影にスケジュールをすべて合わせたことで、わたしは一度大きな失敗をしている。約束を直前でキャンセルするということが、どういう意味を持ち、どんな結果を招くのか。やむを得ない事情によることもあるだろう。だけど今のわたしは、友達との約束と突然入った撮影、どちらを取るのかと言われれば迷わず友達を選ぶようになっていた。以前ならば、撮影を取っていたに違いないけれど。

美香ちゃんは「りょうか〜いっ！」とくるんとカールした髪の毛を揺らしながら教室を出ていった。

「……はあ」

知らぬうちに、小さなため息が生まれていた。笑顔と笑顔の隙間に見えた、美香ちゃんの顔が頭から離れない。それはほんの一瞬の、見間違いだったかと思うほどに一瞬の出来事。美香ちゃんの顔から、表情と呼べるものが消えたのだ。

彼女が言う通り、たしかにわたしは変わった。こんなわたしの変化は、美香ちゃんの目にはどんな風に映っているのだろうか。

「おはよう、美香ちゃん！」

翌朝、校門を抜けたところで綺麗な茶色い髪の毛を揺らす背中が見え、わたしはポンとその華奢(きゃしゃ)な肩を叩いた。

「あ、のん！　おはよう」

振り向いた美香ちゃんは、眩しい笑顔をこちらに向ける。やっぱり今日も彼女はかわいい。毎日のように会っているのに、毎回そのかわいさと美しさに衝撃を受けてしまう。昨日の無の表情は、やはり気のせいだったのかもしれない。

ブスは三日で見慣れる、美人は三日で飽きる。なんて言葉を聞いたことがあったけれど、あれは嘘だ。だって美香ちゃんは、三日経っても三カ月経っても、やっぱり毎日かわいいのだから。

「昨日の撮影めっちゃ楽しかったよ〜のんもいればよかったのに」

美香ちゃんがそう言って、何人かで撮った写真を見せてくれる。最近新しく読モになった子たちが嬉しそうに美香ちゃんを囲んでいて、その誰もがとても整った顔立ちをしていた。

世の中にはかわいい女の子たちがたくさんいる。そんな中で人気モデルとしての確固たる地位を確立した美香ちゃんは本当にすごい。

「のんさ、撮影を断ってばかりいたら、枠がどんどんとられちゃうよ?」

たしかに美香ちゃんの言う通りだ。言い方は悪いかもしれないけれど、読モなんていくらでもいる。いつ声がかかっても対応できる準備をしている子のほうが編集部だって声をかけやすいものだ。だからこそ、わたしはずっとなによりも撮影を優先させてきた。

しかし今では、その気持ちにも変化が生まれてきている。なにを必死に、と思うようになったのだ。

たかが読モ、プロではない読者モデル。読モである前にわたしはひとりの人間で、女子高生だ。今しかできないことが撮影の他にもたくさんある。大事にしたいものだっていくつもある。

優先順位が変わった。ただそれだけのことだ。

「まあ、それはそれで仕方ないかなぁー」

くーっと伸びをしてわたしは言った。今日は天気がよくて気持ちいい。

久しぶりに会った地元の友達はみんな、なにひとつ変わっていなくて安心した。読モをしていない頃のわたしを知っているみんな。ただの花室野乃花として接してくれるみんな。思い出話に花を咲かせて、昨日はあっという間に時間が過ぎてしまった。

以前のわたしが撮影だからとキャンセルしてきた時間には、こういうかけがえのない瞬間がたくさん詰まっていたのだろう。

撮影は好きだ。だけど、こういう時間も自分にとっては大切だと改めて気付くことができた。

「わたしは所詮、読者モデルだからね。たかが読モだよ」

なんの気なしに口にした言葉だった。しかしその瞬間、美香ちゃんの顔からすっと表情が消えたのだ。普段の眩(まばゆ)いオーラは影を潜め、造形だけが整っている無機質な能面と向き合っているような感覚に背筋が凍りついた。生徒たちの声や足音、野球部の朝練のかけ声までもが耳の中でぴしりと冷たく凍ってしまう。

学校における一日の中で、最も賑やかさを持つ登校時間のピーク。しかしわたしは、目の前にいる無表情の美香ちゃんと自分だけがこの世界から切り離されたかのように感じたのだ。

――たかが、ね。読者がつこうがプロだろうが、〝モデル〟に変わりはないのにね。

ああ、〝所詮読モ〟だからどんなコメントが来ても無視していられるのか」

美香ちゃんはがらんどうの瞳でわたしをまっすぐに見ていた。その声は今までに聞いたことがないほどに低く、重い。彼女の言葉の真意がわからない。ただ、なにか恐ろしいことが起きていることだけを理解できたわたしは、それに肯定も否定もせず、ただ立ち尽くすことしかできない。

校門から校舎へと続く道を、みんなは楽しそうにわたしたちの脇をすり抜けていく。

何人かがおはようと手を振っても、美香ちゃんはわたしから視線を逸らさなかった。

「所詮、の読モだもん。撮影に対しても自分の意識にしても、中途半端で十分だよね。わたしみたいに〝完璧〟じゃなくていいんだもんね。〝たかが読モ〟だからね」

美香ちゃんの言葉には、あきらかな刺と毒が含まれていた。所詮読モ、たかが読モ。それはわたしが日頃から、自らへの勘違いを防ぐために使ってきた言葉だ。しかし美香ちゃんの口によって発されたそれは、幾重もの含みを持つ言葉となってしまっていることにわたしは驚愕していた。

美香ちゃんはふっ、と表情を緩めると今度は楽しげに口元を弓なりに反らせた。

「〝名無し〟はわたしだよ？　お遊びの読モさん」

読モなんてお気楽なものね、と不自然すぎるほどの笑みを浮かべた美香ちゃんは、わたしに背を向け学校のほうへと歩きだした。美香ちゃんおはよう！と言う他の子たちの声ににこやかに手を振りながら。そんな背筋が伸びた後ろ姿を、わたしはただただ信じられない思いで見送ることしかできなかったのだ。

「……だいじょうぶ」

彼女の背中が昇降口へと消えた瞬間、わたしの口元はカタカタと震え始めた。いや、口元だけじゃない。握りしめた拳も、地面を踏みしめる両足も、体中が小刻みに震えてしまってうまく動かすことができなかった。

どくんどくんと体中の血液が熱を上げながら、全身をゆっくりと巡る。体は熱いのにみぞおちから喉元にかけひやりとした冷たさが立ち込める。まるで胃の中にドライアイスを投げ込まれたみたいだ。すう、と小さく息を呑み込めば、呼吸すらも小さく震えた。

美香ちゃんが、あの〝名無し〟だった。

まさかそんな。ありえない。きっと嘘だ。――いや、嘘じゃない。

頭の中では相反する思いがぐるぐると渦を巻く。

大好きな美香ちゃん。かわいくて美人で、明るく優しい美香ちゃん。天使のような美香ちゃん。

わたしは一体、なにをしてしまったのだろうか。無意識のうちに、どれほど彼女を傷つけ怒らせてしまったのか。考えても考えてもわからない。少なくともわたしは美香ちゃんのことが大好きだった。彼女を悪く言ったり、思ったことも一度もない。

「だいじょうぶ」

小さく自分に二度目のそれを言い聞かせる。

あと少ししたら、チャイムが鳴る。早く行かなきゃ遅刻になっちゃう。今日の一限目は生物でテストがあるんだ。行かなくちゃ、行かなくちゃ――。そう思うのに、足は一歩も前に出ない。

じわりとこめかみに嫌な汗がにじんだとき、ジャリッと踵の部分で小さな音が鳴った。どうやら後ろには動けるみたい。その瞬間、酸素が脳まで行き届いた。

だいじょうぶ。動ける。息もできる。歩ける。学校と、反対方向になら。

だいじょうぶ。テストなんてまた受ければいい。今日じゃなくても大丈夫。

だいじょうぶ。わたしは全然、大丈夫。そう、誰にも頼らなくても大丈夫なの。

くるりと向きを変えると、足かせが外れたように動かすことができた。学校に行かなきゃなんて、思わなくていい。

遅刻する、と小走りにこちらへ来る同じ制服を着たみんなとすれ違うように、わたしは早歩きで校門を出た。

「花室さん」

背中から声をかけられたのは、校門を出てひとつ目の角を曲がったときだった。

「花室さんってば」

歩みを止めると、もう一度その声はわたしの名前を呼ぶ。

――どうしてあなたがここにいるの？

「校門を出ていくのが窓から見えたから」

――学校は？

「早退してきた。別に誰にもなにも言ってないけど。自主早退」

心の声が聞こえているのかもしれないと思った。わたしは振り向けずにいて、彼はわたしの表情も見ていないのに。それなのに彼は、わたしの疑問にぴたりと答えを当ててくる。少しだけ彼の声が掠れているのは、きっと走ってきてくれたから。

「いいところを案内するよ。ついておいで」

振り向かずに立ち止まるわたしの横を通り過ぎた原田くんは、その二歩先を歩き始めた。

――どこに行くつもりなの？

「小さい頃から、なにかがあると行く場所」

――アニメの聖地とかかな。

「言っておくけどアニメは関係ないからな？」

──あ、バレた。

「こんな天気のいい日は、学校なんかに引きこもっていたらもったいない」

──いつもは家に引きこもっているくせに？

「言っておくが、俺は引きこもりではないからな」

たくましいとはいえないひょろっとした肩と腕。日焼けとは無縁そうな肌は、陶器のように白い。律儀なほどに切りそろえられた襟足。きっとまだ一度も染められたことのない漆黒の髪。パリッとアイロンのかけられた白いシャツに、ウエストまできちんと上げられたスラックス。皺ひとつない綺麗なベルト。手入れのされた黒いローファー。アニメのキャラクターが遠慮がちに揺れる形のいいままの鞄。

たくましさなんて、頼もしさなんて、そんなものは感じられない。それなのに、その後ろ姿はわたしを導いてくれる唯一の光に見えて思わず目を細めてしまう。

眩しい。眩しくて目に染みて。

だから少しだけ、本当に少しだけ。

涙がこぼれてしまったんだ。

彼が教えてくれたこと

「到着」

なんだかんだで一駅分くらいは歩いたのではないだろうか。原田くんが連れてきてくれたのは高台にある見晴らしのいい公園だった。街が一望できるその場所には木製のベンチがひとつあって、その脇では大きなクヌギの木が揺れている。

「すごい……」

原田くんはベンチの上で鞄を開くと、ガサガサとなにかを探している。「これでいいか」などとぶつぶつ言う彼は、ベンチの上にノートを開くと、すっとそこに手を添えた。切りすぎた彼の丸い爪先は、ほんのりとピンク色に染まっている。

「アニメだとハンカチだけど、あいにく今日のハンカチは小さすぎて、まあその、ウン」

スカートが汚れないようにという気遣いだろうか。その様子をじっと見ていたら、

「アニメと現実は違うのか？　俺、間違えたか？」なんて少し慌てていて、こんな状況なのに思わず笑ってしまった。

「ううん、ありがとう」

彼のノートの上にそっと腰を下ろしたわたしを見て、原田くんは小さく息を吐き出す。

　そのままわたしたちは、なにも言わずに過ごした。さわさわとクヌギが風で揺れて、それからわたしの後れ毛と、彼の後頭部の髪の毛を揺らす。

　目の前には学校や家、会社にスーパーなどがまるでミニチュアの世界のように敷き詰められている。みんなあそこで生きている。今この瞬間、あの中で仕事をしたり勉強したり、笑ったり泣いたりしているんだ。あの窓の中ひとつひとつに物語がある。その中にいるひとりひとりに人生がある。

　――美香ちゃんは今、どんな気持ちでいるのだろう。

「なにをしちゃったのかなぁ……」

　原田くんに向かって言ったわけではなかった。ただこの青い空に、眼下に広がるこの世界に、自分自身に問いかけた。

「なにもしてない。花室さんは、花室さんの毎日を生きていただけだ」

　原田くんは静かに答えた。その横顔は、どこか遠くを見つめている。

「だけどさ、誰かが自分らしく生きていることは、別の誰かにとっては光が強すぎて影を作ることもある。誰かにとっての普通は、他の誰かにとっての不快になることもある」

そう言うと、彼は眉を下げて笑った。

「だから俺は、花室さんのことが大嫌いだった」

ぎゅうっと握り潰されるような痛みが胸を走る。

以前、原田くんを追いかけたときに駅で言われた『大嫌いだ』というあの言葉は、わたしの心に今でも深く残っている。

「――だけど、嫌いと好きは、背中合わせにあるとも思うんだ」

原田くんはそう続けて、好きという言葉にちょっと顔を赤くするとごまかすように咳払いをした。

「引け目があったり劣等感があると、自分と正反対のところにいる人に牙を剥きたくなるものさ。だけどそれはいつもじゃない。勧善懲悪なアニメの世界では正義と悪が入れ替わることはないけれど、生身の人間はそう簡単にはいかない。白か黒かと聞かれても、そのどちらでもないこともある。あるときはいいやつで、あるときは嫌なやつにもなったりしてさ。俺だって、花室さんが大嫌いで苦手だったはずなのに、今ではこれだけ話せるようになった」

原田くんがアニメ以外のことでこれほどに話すのは見たことがなかった。そして、これほどに自然でやわらかな口調の原田くんも初めて見る。

「俺ごってまた、きみのことを嫌だなあと思う日が来るかもしれない。だけどそれは本気で花室さんを嫌いになるかといったらそういうわけではないと思うんだ。多分そのときは俺の中の劣等感が卑屈に顔を出しているときだったり、きみと思うように意思疎通ができないときだったり、そのときどきの気分みたいなものさ。つまりそれは、俺の問題だ」

歯痒さが牙を剥く起爆剤になると彼は言う。その言葉は、なんだかとても不思議な色を持っていた。

ネットの世界でさまざまなことを経験してきたホイル大佐としての声、現実の世界で歯痒さを感じたのであろう原田くんとしての声、いつも寄り添ってくれたぴかりんとしての声。その言葉は、すべてまっすぐにわたしの心へと落ちていく。

「人はそれぞれ、求めるものが違うのさ。楽しさを求める人もいれば、癒しを求める人もいる。意見を求める人もいれば、ただ黙って聞いてほしいだけの人もいる。その需要と供給のバランスがうまくいかなければ、その関係は簡単に崩れてしまう」

不思議なくらいに原田くんの言わんとすることが心の中に流れ込んできた。わたしは言葉を返していなくて、いわば現在は原田くんがひとり語りをしている状況だ。それなのに、彼の言葉はわたしの中でひとつの引っかかりもなく、優しく心を響かせる。

「どちらかが一方的に悪いってことは、そうそうないと俺は思う。同じことを言われても、笑えるときと腹が立つときがあるだろ？　バランス、それからすれ違いと誤解。

思い込みと自分の感情のコンディション。そういうのが深く絡み合って、物事はうまくいかなくなる。だからこそ、現実世界は面倒なのさ。だからさ、花室さん。きみがすべてを背負う必要はないんだよ」

ぱたぱたぱたっと、スカートの襞の上に雫が弾けた。

「きみは、あのモデルのことを嫌いかい？」

彼の問いに、わたしはぶんぶんと首を横に振る。

嫌いなわけがない。嫌いになれるわけがない。ずっと憧れていた美香ちゃん。優しくて明るい美香ちゃん。撮影がうまくいかず落ち込んだときに励ましてくれたのは彼女だったし、最初にＳＮＳで叩かれたときに守ってくれたのも彼女だった。

仲良くなってからの日々を思い返す。たくさん笑って、たくさんおしゃべりをして、たくさんの楽しい時間を過ごしてきた。あの日々がすべて嘘だったなんてどうしても思いたくない。いや、もしあれが嘘だったとしても、彼女の本心じゃなかったとしても――それでもわたしにとって彼女との時間がかけがえのないものだったのは事実だ。

「わたしはそれでも、美香ちゃんが好きだ……」

そう言うと、原田くんは空を仰いでふっと笑った。

「そういうとこだよ、花室さん。きみのそういうところ。それが俺にとってもあのモデルにとっても、羨ましくて眩しくて、そして――ときに憎らしい」

もしかしたら、原田くんと美香ちゃんは、どこか似た境遇にあるのかもしれない。わたしにはわからないなにかを、彼らは共有できるのかもしれない。

「原田くんも、やっぱりわたしを嫌いなの？」

彼に、大嫌いだと言われたあの日。和解をして、たくさん話したあの日。叱ってくれて、励ましてくれて、そっと支えてくれた大切な日々。それでもやっぱり彼にとってわたしは害なのかもしれない。

どうしてわたしは、わたしなんだろう。

どうしてわたしは、こんな人間なんだろう。

誰のことも傷つけず、誰にも嫌な思いをさせずに生きていたいのに。

どうしてわたしは――。

「言ったじゃないか。嫌いと好きは、背中合わせだと」

ここに誰かを連れてきたのは初めてのことだ、と彼はそう言って下唇をちょっと噛んだ。

嫌いなのかという質問への、イエス・ノーは聞けなかった。だけど彼の発したその言葉は、今まで出会ったどの言葉よりもわたしの心を震わせたのだ。

美香ちゃんはずっとわたしの憧れだった。決して羨ましいなんて思ったことはない。だってもともと、美香ちゃんとわたしは全然違う次元にいたから。それでも仲良くなる中で、本当の彼女の姿を知っていった。彼女はわたしと変わらない、普通の十七歳の女の子なのだ。普通――というのは正しくないかもしれない。だって美香ちゃんはかわいくて美人で、優しくて明るくて、完璧な――。

ふと、時折現れる彼女の寂しそうな瞳が脳裏で揺らめく。

わたしとは違う。普通とは違う。強くて、完璧な美香ちゃん。ずっとそう思ってきた。そう思いながら彼女と接してきた。もしかしたらそれは、彼女にとっては窮屈で息苦しかったのかもしれない。ありのままの彼女の姿を、わたしは見ようとしていなかったのかもしれない。

そうして無神経な言葉や行動で傷つけて、苦しめて、美香ちゃんは言いたいことも言えなくて、吐き出す場所がＳＮＳしかなかったのだとしたら？

「わたしには原田くんがいて、ホイル大佐がいて、ぴかりんがいてくれて。本当に恵まれてるよね」

原田くんは空を見上げたままなにも言わない。

「……美香ちゃんには、そうやってすべてを話せる人がいるのかな」

美香ちゃんと一緒にいるとき、友達から連絡が来ている場面を見たことは一度もない。家族の話を聞いたこともない上に、撮影が終わると必ず夕飯を食べていかないかと誘われた。今思えば、そんなのは不自然だ。高校生が週に何度も夕飯を外でとるなんて。

だけどわたしは、美香ちゃんを〝プロのモデルだから〟という理由で型にはめていた。プロのモデルだから、わたしなんかより大人の世界を知っていて、外食なんかも当たり前で、家に帰る門限なんかもないのだろうと。だけどもし、それがわたしの思い込みだったとしたら。

原田くんは、ちらりとベンチに置いたスマホを一瞥してまた空を見上げ、わたしの言葉に返事をする。

「さあね。それは、あのモデルにしかわからないことさ」

無責任なことは決して言わない原田くん。わたしはそんな彼の隣で、木々の間からこぼれ落ちる太陽の光をじっと見つめることしかできなかった。

「どうする？　もうすぐお昼になるけど」

気が付けば太陽が高い位置まで昇っている。横に座る原田くんは、わたしを見ずにつま先をゆらゆらと揺らした。

「原田くんは、善は急げだと思う？」

「急がば回れという言葉もある」

「思い立ったが吉日？」

そう返せば原田くんはふっと笑ってわたしを見た。なぜだかその笑顔に泣きたくなる。

「花室さんは、そっちだよね」

そう言った彼は立ち上がると、ぐーっと両手を上げて伸びをした。

「学校遅刻しちゃったね」

「俺の場合は早退だけど」

「原田くんも学校に戻る？」

「一緒に戻ったら、モデル、オタクとサボりか？ってネットに書かれるよ」

「そうやって卑屈なこと言わないでよ」

誰がどう思ってもかまわない。隠れるようなことはなにもない。

「でも俺はいいや」

「どうして」

「鈴木が……勘違いしたら困るんじゃないの……？」

「鈴木くん？」

「……俺はかっこよくなくてスポーツもできないただのオタクだけど、一応性別は男だから」

以前彼から言われた『お似合いだ』という言葉が心の底で疼く。

原田くんは、わたしが鈴木くんと付き合えばいいと思っているのだろうか。

視線を逸らすようにうつむいていた彼は、不意にその顔を上げる。

「――それとも」

息を吐き出すように、彼は言葉を続けた。

「俺の手を取るかい？」

それは、いつかアニメで見たワンシーンのようだった。風が彼の髪の毛をさらりと揺らし、原田くんの薄茶色の瞳はまっすぐにわたしを見つめている。

「――わたし……」

パキ、とわたしの足元で小枝が音を鳴らすと、原田くんは我に返ったように口を真一文字に結んだ。

「早く行きな。昼休みが終わると放課後まであのモデルと話せなくなるよ」

くるりとわたしに背中を向けた原田くんは、その言葉を最後に口を閉ざした。多分彼は、もうここから動くつもりはないのだろう。

「原田くん、ありがとう」

彼の背中に向かって深く頭を下げる。

もしもひとりでいたら、わたしは今頃ただ泣いているだけだった。もしも一緒にいてくれたのが原田くんじゃなかったら、わたしは大丈夫だからと無理して笑っていただけだった。

原田くんだったから――。

原田くんだからこそ――。

一歩踏み出す勇気が持てたのだ。

美香ちゃんと目を見て話そう、美香ちゃんの本音がどれであったとしても。誤解なんかじゃなくて、わたしを嫌いなのだとしても。こんなグレーのままで彼女との関係が終わってしまうのは絶対に嫌だから。

公園の出入り口を通るとき、少しだけ振り返った。クヌギの木は相変わらず優しく揺れている。その下で拳を握ってたたずむ彼の後ろ姿は、なんだか少し、震えているように見えた気がした。


本当のことを言えば、原田くんについてきてほしかった。学校が近づくにつれ、足は重くなっていく。

美香ちゃんに無視をされたらどうしよう。強い拒否の言葉を受けたらどうしよう。あんたなんか大嫌いって言われたら……。ううん、きっと大丈夫。

そう言い聞かせていた心の声も少しずつしぼんでいく。どうしてこんなにもわたしは意気地がないのだろう。さっきまでの勢いはどこにいってしまったのか。今朝の、なんの温度も感じられない美香ちゃんの笑顔が脳裏に浮かび、思わず身震いをしてしまう。

そうして校門が少し先に見えたところで、ここまでどうにか進んできたわたしの足は、動くことをやめてしまったのだ。お昼休みのチャイムの音が鳴り響く。

どうしよう。どうしたらいいんだろう。

背中をひやりと嫌な汗が伝い落ちる。こめかみのあたりがチカチカと白く瞬く。酸素もちょっと薄いみたいだ。

美香ちゃんはわたしの顔なんて見たくないかもしれない。彼女がすべてを話せる相手がいないというのは、わたしの勘違いかもしれない。向き合うなんて馬鹿なことはやめてしまおうか。どうしてわざわざ傷つくとわかっていて会いに行こうとしているのだろう。なんでわたしを拒んだ人に、話をしようとしているのだろう。

——やめちゃおうか。

思考が逃げる方向に傾いたとき、握っていたスマホが震えた。

このタイミング、こういうときに気付かせてくれる人。それはいつも同じ人だ。

『花室さんが伝えたいことを伝えればいいだけさ。相手のことは考えるな』

ホイル大佐ではない。ぴかりんでもない。原田洋平くんからの言葉が、そこには映し出されていた。

彼女の本音

「あの……、美香ちゃん」

鞄を持ったまま自分のクラスの前を通過したわたしは、勢いに任せて隣の教室へと向かい、ひと息に彼女の名前を呼んだ。こうでもしなければ逃げ出してしまいそうだったからだ。しかし当然と言うべきか、わたしの言葉への返答はない。

「美香ちゃん！」

声を張り上げてみても、彼女はクラスの女の子たちとお弁当を広げて談笑中。こちらを見る気配もない。聞こえていないわけではないだろう。その証拠に、他の子たちはわたしのことを見ているのだ。

美香ちゃん来てるよ、とそのうちのひとりがそう言えば、そこで初めて気付いたかのように彼女がこちらに顔を向けた。そこには、いつもの天使の笑みが浮かんでいる。

「美香ちゃん、ちょっといい？」

思わず声が震えてしまい、わたしは慌てて咳払いをした。美香ちゃんの完璧で綺麗な笑顔。だけど今のわたしはもう知っている。この笑顔の下には、彼女のいろいろな思いが隠されているということを。

美香ちゃんはフォークを置いて立ち上がると、こちらに向かって歩いてきた。どくんどくんと心臓の音が鼓膜を支配する。

いつもと変わらない美香ちゃん。かわいくて、綺麗で、天使みたいで、今朝のことなんて夢だったんじゃないかと思ってしまうほど。

「なに？　わたしとあんた、話すことなんてある？」

だけどやっぱりそれは、夢ではなかった。にこにこしたまま、わたしにだけ聞こえる声で、美香ちゃんはそう言った。

「……ある」

怖い。綺麗に微笑むこの子がとても怖い。それでも、嫌いだとはどうしても思えなかった。

彼女はそんなわたしをつまらなそうに見ると、すっと横をすり抜けた。甘くてやわらかいバニラの香り。かわいい女の子を代表するような。たしかこれは彼女がプロデュースしたコロンだった気がする。

微動だにしないわたしを振り返ると、彼女はクイッと顎でついてくるようにと合図した。廊下を抜けた彼女は、するすると階段を滑るように上がっていく。

背筋が伸びて、すらりとしていて、手足が長くて細くて。誰もが振り向いてしまうキラキラとしたオーラ。だけどその中には、いろいろなものを抱え、見えないように押し込めている。

そんな美香ちゃんが入ったのは、奇しくもあの視聴覚室だった。

「で？　文句を言いに来た？」

くるりと振り返ると、美香ちゃんはそう言った。相変わらず顔は笑ったままだ。

わたしはううん、とやっとのことで首を横に振る。気を抜くと膝まで震えてしまいそうだ。

「美香ちゃん、どうしてあんな……」

「わからない？」

「わからない……」

「そういうところ。自覚のないところも嫌」

「わたし、なにをしちゃったの？」

「悪いことをした自覚もないくせに、自分に非がある言い方をするところも嫌」

「ごめん……」

「そうやってなにもわかっていないくせに謝るところ。いい人ぶるところ。自由に言いたいことを言うところ。読モなのに、美意識が低いところ。ずっとずっと、のんのそういうところが嫌だった」

そうやって言葉をつなげる美香ちゃんの顔からは、笑顔はすっかり消えていた。

「あんたなんか、大っ嫌い」

そう言った瞬間、彼女の瞳から大きな涙がこぼれ落ちた。あーやっと言えた！と美香ちゃんは笑いながら自分の目元を指先で拭う。これは安堵の涙だわ、と。

「わたしだって、美香ちゃんなんか」

大嫌い――。

売り言葉に買い言葉でそう言うことは、簡単だった。だけど言えなかった。自覚がないわたしだけど、すぐに謝るわたしだけど、いい人でいたいと願うわたしだけど、自由に好きなことをしている意識の低い読モのわたしだけど――。それでもわたしはやっぱりわたしで、そんなわたしは美香ちゃんを嫌いになんかなれないのだ。

「大嫌いになれないよ……」

ぼろりとわたしの瞳からも涙がこぼれる。

「そういうとこ！　そういうとこも大嫌い！」

美香ちゃんは目を見開きながら大きな声でわたしに言う。慣れ、なんて存在しない。何度言われたって、傷つく言葉は胸に刺さる。だけど仕方ないじゃないか。大嫌いと言われたからって同じように嫌いになれるわけではない。他人は他人であって、自分ではない。人間関係は鏡みたいなものだと聞いたことがあるけれど、いつもそうだとは限らない。人間って、そう単純にはできていないのだ。

「わたしは美香ちゃんが好きだよ！」

半ば叫ぶようにそう言えば彼女は顔をくしゃりと歪め、さらに怒りを露わにした。

こんな美香ちゃんの顔を見るのは初めてだった。天使なんて呼べない。かわいさや美しさの面影だってどこにもない。般若(はんにゃ)のような恐ろしい顔。だけどそこにわたしは、初めて本当の彼女の一面を見た気がした。

「美香ちゃんがわたしを嫌いでも、わたしは美香ちゃんが好きなんだよ」

こんなこと、ありえないって思ってた。どうして自分を嫌いな相手に好意を持つことができるだろうか。悪く言われたら傷つくし腹が立つ。相手のことを嫌いになるはずだ。どうしてそうなったのかと悩み、もう二度と関わりたくないと思うはずだ。

好きだと思った相手。いい人だと思った相手。楽しい時間を過ごした相手。どんなに楽しかった時間や記憶も、ほんの少しの嫌悪の闇に簡単に呑み込まれてしまうのが世の常だ。それなのにどうしてわたしの中の彼女と過ごした時間は、こんなにも優しいままなのだろうか。

「匿名でずっと送り続けていたのはわたしだよ？」

「わかってる」

「売モやめろとか、太ってるとか、ポーズが下手とか。全部あれ、わたしが言ったんた。……」

「知ってるよ」

「それなのに、なんでわたしを好きだなんて言うわけ？　気持ち悪い！　偽善者！」

「それがすべてではないじゃない！」

美香ちゃんは、なにかを言おうとしていた口をそのままに、わたしを見つめた。

――そう。それがすべてではないのだ。

美香ちゃんは意地悪だ。匿名で叩くなんて卑怯だ。そういうことをしながらにこにこ笑って仲がいいふりをしていたなんて、とても怖いと思う。だけど、それだけが美香ちゃんではない。

わたしは、無神経だ。弱虫で人の心の中にずかずかと土足で入り込む。相手の気持ちを考えることができない。自己中なやつだ。だけど、それだけがわたしではないはずなんだ。

「美香ちゃんは、優しい。強い。思いやりがある。あたたかい。それだってちゃんと美香ちゃんでしょ」

人は誰だって、嫌なところといいところ、そのどちらでもないところが合わさってできている。この人のここが嫌と思ったとしても、そのひとつがその人のすべてではない。表に見える部分だけでその人の〝ひととなり〟を判断するなんて、一流企業の面接官だって難しいだろう。

「そうやって綺麗事言って馬鹿みたい！　最初はわたしの真似をしていただけのくせに、自分なりの表現とか身につけちゃって勘違いも甚だしいのよ！　なに？　聖人君子にでもなったつもり？」

　そんな台詞を美香ちゃんに吐き捨てさせるものは、一体なんなのだろうか。止まらずにあふれる涙には、どんな想いが隠されているのだろうか。

「あんた、ずっと一般ウケするようなことしか表に出してこなかったじゃない。それがなんでいきなりアニメが好きだとか、ありのままの姿をさらしちゃってるわけ？　どんな自分でもみんなは応援してくれるとでも思ってるとか？　ほんっとに自意識過剰ね」

　憎しみ、嫌悪感、わたしのことを傷つけたいという思いが美香ちゃんの言葉や表情から鋭いほどに伝わってくる。

　痛いし苦しい。悲しいしつらい。それでも頭の中では、あの撮影の日、初めてわたしの名前を呼んでくれた美香ちゃんの笑顔が消えてくれない。あの笑顔が嘘だったなんて、そんな風には考えられないのだ。

「馬鹿だけどそれでもわたし、美香ちゃんと出会えてよかったって思う。美香ちゃんを嫌いだなんてどうしても思えないよ！」

何度この言葉を言ったところで、彼女に届くかはわからない。それでも、伝えなきゃいけないと思った。伝えようと、必死だった。わたしには、美香ちゃんが暗い海で溺れているように見えたのだ。社会という名の、暗くて深い海の中で。

　多分美香ちゃんは、わたしと同じようにアニメだって大好きなのだろう。それでもいろいろな事情があって公言することができずにいる。きっと美香ちゃんは、年頃の女の子たちと同じようにお菓子だって食べたい。だけどモデルである自分にまっすぐでいようと、さまざまな誘惑を断ち切っている。

　そうやって作り上げてきた完璧なティーンモデルの〝美香〟。最初はそこに倣うように行動していたひとりの読モが、徐々に彼女とは正反対の言動をするようになった。それが許されるのは、〝のんのん〟が読モという中途半端な位置にいるからだ。

　モデルと読モは、まったくの別物。——それでも、美香ちゃんにとっては信じてきた道が、最善だと言い聞かせなければやってこられなかったものが、すべて否定されたように感じられたのかもしれない。

「美香ちゃんだって、ありのままでいていいんだよ」

「ふざけないで！」

　そう叫びながら、彼女はわたしの両肩を強く掴んだ。殴られるかと一瞬ひるんだものの、いつまでたっても拳は降ってこない。

美香ちゃんは、ひたすらに泣いていたのだ。下を向いて、唇が紫になるほどに強くそれを噛みしめて。彼女の涙がわたしの上履きに落ちては大きなシミを作っていく。

「……完璧なわたししかいらないでしょ……」

「そんなことないよ」

「アニメが好きだって言うことも、あんたはよくてわたしはだめなの？」

「だめじゃない」

「望まれるわたしでいないといけないの」

「誰もそんなこと言わないよ」

「自由に動けない世界でわたしは生きてきたし、これからもそこでしか生きていけない……」

「美香ちゃん、——ここは自由な世界なんだよ」

わたしがそう言った瞬間、ぱりんとなにかが割れたような感覚に包まれた。美香ちゃんは少し顔を上げ、ぼんやりとした瞳でわたしを見つめる。

「自由な、世界……」

そうつぶやいた彼女は、今度はしゃくり上げるようにして泣き始めたのだ。肩を震わせ、小さな子供のように。

うわあ。これが、美香ちゃんの本当の姿だった。

美人でかわいくて、優しくていつも明るい美香ちゃん。胸を張って背筋を伸ばして歩く美香ちゃん。いつでも完璧な美香ちゃん。だけど本当は苦しくて、思うように動けなくて、ずっとずっと思いを殺してひとりきりで耐えていたんだ。

完璧を求められる厳しい世界で生きてきた美香ちゃんにとって、プロではないことを理由に撮影をないがしろにしていたわたしは、許せない存在だったのかもしれない。モデルという仕事と本気で向き合っている彼女の前で、たとえ読者という名前がつくとしても、その仕事を〝所詮〟だなんて言ったわたしは間違っていたのだろう。やっぱりわたしは、まだまだ配慮が足りない子供なのだ。どんなに背伸びをしても、わかったふりをしていても、その実なんにもわかってなんかいやしない。

少しして呼吸が整うと、美香ちゃんはわたしから一歩離れて鼻をすすった。

「のんは読者モデル、やめたほうがいいよ」

鼻声ではあるものの、凛と響くしっかりとした声だった。

批判するとか、悪意があるとか、そういう言葉でないことは表情を見ればわかる。美香ちゃんの顔はたくさん泣いたことでメイクが崩れ、今までに見たことがないようなものになっていたけれど、それでももう能面ではない。

「……うん。生半可な気持ちで撮影に参加してて本当にごめんね」

最近は表現することの楽しさを知ってきていたものの、厳しいモデルの世界で自分が通用するとも思えず、そろそろ潮時かなとは思っていた。読モの世界は楽しいけれどどこか自分とのずれがあることに気付きだしていたのも事実だ。将来はモデルになりたいだなんて豪語していたこともある。だけど結局わたしは、その夢のためにすべてを捧げる覚悟なんてできていなかったのだ。

この言葉は、プロのモデルである美香ちゃんの本心だろう。ところが彼女は、そのあとにこう続けたのだ。

「ちゃんと事務所に入って。モデルになりたいなら覚悟を決めて」

美香ちゃんは口元をきゅっと結ぶと一度顔を背けて目元をごしっと強くこすった。そして再びこちらに向き直る。涙はもう流れてなどいない。いつも完璧にメイクされている彼女の目元は涙で落ちたマスカラのカスで真っ黒になっていたし、頬にのせられた薄ピンクのチークの上には幾筋もの涙の跡がくっきりと残っている。それでも彼女のふたつの瞳は、もうがらんどうなんかではない。

「真剣に自分の夢と向き合って。わたしと同じところまで来て」

美香ちゃんはそう言うと、きゅっと片方の口元を上げてみせた。

Chapter5

「ちょっと原田、そこ邪魔なんだけど」

「ここは拙者の席ゆえ、邪魔なのはそちらでござる」

「はあ？　なんなの？　ただのオタクのくせに生意気すぎる」

「炎上モデルにそれを言われるとは、ハハハッ！　なんとも光栄ですな」

「はあ？　馬鹿にしてんの？」

ホームルーム前の教室。目の前で繰り広げられるふたりのバトルに、まあまあ、と間に入った。

美香ちゃんは視聴覚室でわたしと話した直後、自分の本当の趣味をＳＮＳ上で公言した。三度の飯よりアニメが大好きだということ、フィギュアが並ぶ部屋の写真、萌え系と呼ばれるかわいいキャラクターが自分のロールモデルだということ。まるでダムが決壊したかのように、彼女は自分の中に溜め込んできた感情を吐き出した。

これまでは事務所や雑誌とのしがらみによって、自己判断で公言できずにいた部分。しかしこのときの美香ちゃんは、その名の通りに最強のメンタルを手に入れていて怖いものなんてひとつもなかったのだ。

「げー。またアンチからメッセージ来てるんだけど。はーい言い返してからブロック！」

美香ちゃんの公言に対し、周りは好き勝手なことを言っていた。事務所からは投稿を削除しろと電話が何度も来ていたし、あの顔でアニオタなんて好感度しかないという声もあれば、イメージと違うという声ももちろんあった。それでも美香ちゃんが自分の発言を覆すことはなかった。

有名人というのは一見すると華やかだが本当はとても孤独なのだと、美香ちゃんは言っていた。自分の言動を勝手なイメージによって解釈され、誤解され、それを解く機会も与えられずに忘れ去られていくのだ。

あの一件以来、美香ちゃんはしょっちゅうわたしのクラスにやってくるようになった。後ろにひとつ余っている椅子を引きずってくるとわたしと原田くんの間にどかりと座る。そうして、ぺらぺらとひとしきりおしゃべりをすると自分のクラスへと戻っていくのだ。

もちろんその大半は彼女が好きなアニメの話。きっと、ずっと、美香ちゃんはこんな風に好きなものを好きなだけ語りたかったのだろう。推しキャラについて熱弁を振るう美香ちゃんは、とても楽しそうに見えた。

アニメ好きを隠さなくなった美香ちゃん。——となれば、彼女が原田くんに興味を持ち、接触を図るのも当然の流れだった。原田くんは学校一のアニメオタクとして有名だったし、わたしの通路を挟んで隣の席に座っている。美香ちゃんが原田くんに話しかけるのに必要な要素は、このふたつがあれば十分だった。

原田くんはたびたび話しかけてくる美香ちゃんに対し鬱陶（うっとう）しそうな表情をしながらも、好きなアニメの話題を振られるとまんざらでもなさそうにこれはこうだ、などと答えている。

美香ちゃんが自由になって嬉しい。原田くんに、わたし以外にもアニメについて語れる人ができて嬉しい。――はずなのに。どこか少しだけザラザラとした気持ちが残る。そんなことを感じるなんて、わたしはどこかおかしいのかもしれない。

「あっ！」

スマホを見つめていた美香ちゃんが黄色い声をあげる。どうしたのと声をかければ、彼女からは想像していなかった言葉が飛び出した。

「ホイル大佐様が！」

まさかの名前に、ぎくっと肩を揺らす原田くんとわたし。美香ちゃんの口からその名を聞く日が来るなんて思ってもみなかった。

「……知、知り合い？」

そんなわけもないだろうに、なにを言うのが正解かわからないわたしはそんなこと

を彼女に聞いた。奥にいた原田くんがすごい勢いでわたしのことを見たのがわかった
けれど、そこはあえて知らぬ顔をした。
「え！　天下のホイル大佐様だよ？　アニメ好きなら知らないわけないよね？」
今度は美香ちゃんが詰め寄る番だ。
たしかに彼女の言う通り、ホイル大佐はこの界隈ではちょっとした有名人だという
ことをすっかり忘れていた。美香ちゃんがフォローしていても、おかしくはないのだ。
大きくて丸い瞳が、わたしの正面でキラキラと輝く。まさか、以前言っていた憧れ
の人というのは、ホイル大佐のことだったのだろうか。彼女はうっとりとした表情で
スマホに視線を落とすと、はあ～と大げさなため息を吐き出した。
「わたしとしたことが……。ホイル大佐様がサリーのイラストをアップしていたのに
気付かなかったなんて！」
ああ今日も下手くそ。かわいい。サリーへの愛を感じる。尊い。
美香ちゃんの口からは、ホイル大佐を称賛する言葉が次々と飛び出てくる。
ちらりと原田くんを見やれば、彼は眉を寄せながら首を横に振った。ホイル大佐の
正体をばらすなよ、ということらしい。
小さくため息をついたわたしは、自分のスマホでもSNSを開いてみた。するとた
しかに、そこではホイル大佐の新作であるサリーちゃんのイラストが微笑んでいた。

前より格段に上達している。美香ちゃんが言っていた、サリーへの愛というものをたしかに感じることができるのだ。

サリーがホイル大佐の推しキャラランキングの上位に食い込んできているらしいということは、最近の投稿からも見てとれた。この間サリーが主役のスピンオフが出たからその影響だろう。わたしもそのアニメを見たけれど、あれは涙なしには見られなかった上、サリーの株が相当に上がる内容だった。

わかるよその気持ち、ホイル大佐！

思わず熱くなった胸を押さえて原田くんに目をやったのに、彼は修行僧のような表情のまま黒板をじっと見つめて固まっているだけだ。

「……のんさぁ、本当に知らないの？」

美香ちゃんは疑いの目でじとっとわたしを見つめると、ホイル大佐のプロフィール画面をこちらへと向けた。疑惑が込められた彼女の眼差しに、自然と心臓が跳ね上がる。

「……なにが？」

「ホイル大佐様のこと」

「知らないよ」

とぼけてみても美香ちゃんはわたしから視線を外さない。まるで蛇(へび)ににらまれた蛙になった気持ちだ。

「ホイル大佐様、のんのことフォローしてるよ？」

ぎくっという擬態語は今のわたしのために生まれたのかもしれない。そんなことを思うくらいに、わかりやすく体を揺らしてしまった。

「……ヒック！」

ちょっと無理があっただろうか。頑張ってしゃっくりにしてみたが、美香ちゃんは眉ひとつ動かさない。こ、怖い。

「わたしはアニメが好きだって、前からインタビューでも答えてたから。たまたま見かけてフォローしてくれただけじゃないかな。そもそも自分のフォロワー欄とか把握してないし……」

目を泳がせつつもそう言えば、美香ちゃんは腕を組みながら「まあ、たしかにねぇ。わたしもアニメ好きを公言したから時間の問題かしら」とそこでやっと視線を外した。フォロワー数の多い美香ちゃんにとって、最後の言葉は多少なりとも響いてくれたようだ。

それにしても、ホイル大佐は一体いつ、のんのんのアカウントをフォローしてくれたのだろう。向こうの席の原田くんは知らん顔で絵を描いている。

「ホイル大佐様はさ、もう絶対的存在なの！　絶対かっこいい。絶対素敵すぎる。絶対頭いい。本当最高！　世界一いい男はホイル大佐様！」

美香ちゃんは乙女のように胸の前で両手を組んで声高らかに宣言した。

すると、それまで話に入ってこなかった原田くんが冷たい声で言葉を発したのだ。

「とんでもないほどに気持ち悪い男かもしれないだろ」

なんてことを言うのだろうか。わたしがおもむろに顔をしかめると、原田くんはふん、と横を向いた。

いくら自分のことだとしても美香ちゃんはその事実を知らないのだ。憧れの人を悪く言われたら誰だって気を悪くするだろう。ところが、彼女はまあるい瞳をくるりとさせて朗らかに笑った。

「なにそれ。そんなの、全然気にならないよ！」

なぜだかわたしの心臓がドキリと鳴った。

「どんな見た目でも関係ないよ。太っててもいいし頭ツルツルでもかまわない。わたしはホイル大佐の中身が好きなの。見た目なんて所詮、作られたものじゃない」

ゆっくりと原田くんの表情が変わっていくのを見たわたしは、酸素が薄くなるのを感じた。クラクラとこめかみあたりで渦が巻く。ああ、これからなにかが変わるのかもしれない――。そんなことを感じた。

それと同時に、わたしは自分の中に生まれた感情に戸惑ってしまう。それは、美香ちゃんが羨ましいという感情。

ホイル大佐を好きだとなんの躊躇(ちゅうちょ)もなく言える彼女がとても羨ましい。なぜだかわたしはそう思ってしまったのだ。

鈴木くんに返事をする約束をした期日は、一週間後に迫っていた。まだわたしは、自分の気持ちがわからない。

ここまで鈴木くんと接してきてわかったことは、彼が本当に優しい人だということだ。きっと付き合うことになったら、すごく大事にしてくれるのだろうと思う。幸せになれるのだと思う。それでも、そんな自分の姿がうまく想像できなかった。

『ぴかりん、起きてる？』

深夜零時。眠れずにいたわたしは電波の向こうに救いを求める。

『もちろん！　起きてるピカ』

ホイル大佐が投稿をしたばかりだというのはわかっていた。ぴかりんはいつでもすぐに返事をくれる。

『眠れないピカ？』

『うん、自分の気持ちがよくわからなくって』

ホイル大佐と恋愛の話をしたことはほとんどない。だけど彼と同一人物であるぴかりんには、そういった相談もしやすいのだから不思議なものだ。女の子同士として出会い、やりとりしていた経緯があるからかもしれない。

『サリ子はなにを迷っているの？』

『わたしね、誰かを好きになったことってないの』

『うん』

『いい人だなって思うし、いつも笑っていてほしいなぁとも思う。だけど、好き、ってどういうことを言うんだろう』

素直に心の内を指先に乗せていく。

この歳になれば、付き合っている子たちもいるし、恋人はいないまでも、誰かに恋をしたことがある人がほとんどだ。そんな中、わたしはあんなに素敵な鈴木くんに告白をされてもピンときていなかった。

『その人といると、ドキドキする？』

『もちろん、そうなることもあるよ。好意を直接感じたときにはどうしてもドキドキしちゃう』

『かわいいって褒められるとか、頭を撫でられるとか？』

『うん、そうだね』

アニメを見ていて、ヒロインがそういう状況になると、見ているこっちまでドキドきしてしまう、それと同じような感覚だ。

いつもぴかりんの返事は早い。ものの数秒で返ってくるのが常だ。それなのに、待てどもなかなか返事が来ない。

――寝ちゃったのかな。

ホイル大佐のページに飛ぶと、今まさに彼が投稿したものがピコンと画面に現れた。

『――いざ、出陣のとき』

なにか戦いもののアニメでも見ていたのだろうか。ぴかりんのアカウントに切り替えたりするの、大変だっただろうな。

申し訳なく思っていると、再びメッセージが届いた。差出人は、ぴかりんではなくホイル大佐だ。

『眠れない夜、手を伸ばしたくなるのは誰？　どんなときでも、手を差し出したくなるのは誰？』

そのメッセージを見た瞬間、ぎゅうっと心臓が苦しくなった。

どうしてそれまでやりとりしていたぴかりんから、わざわざホイル大佐に切り替えて返事が来たのか。彼の投稿した『出陣』とはどういうことか。

――そしてなにより。

眠れない夜に手を伸ばす相手。どんなときでも手を差し出したくなる相手。

わたしにとってそれは、他でもない、原田洋平くんだったのだ。

以前あの丘の上の公園で言われた言葉を思い出す。

『――俺の手を取るかい？』

さわさわと揺れるクヌギの木。やわらかな風が、重たい前髪の下に隠された整った顔立ちを暴く。吸い込まれそうな薄茶色の瞳に、優しい眼差し。

あのときわたしは、たしかに彼の綺麗な手に指先を伸ばしたのだ。

――ああ。本当はわたし、ちゃんと知っていた。

好きがどういうことなのか。ただしそれは、みんなが思う恋とは少し、違うのかもしれない。わたしの好きは、多分――。

深呼吸をしたところで、ホイル大佐からはもうひと言メッセージが届いていた。

『その想いが、きっと愛だと思うんだ』

「のん、おはよう！」

翌朝、鈴木くんはいつも通り爽やかに登校した。

いつもはいいなと思う彼の笑顔。だけど今日はそれを見るのも少しつらかった。なぜならわたしはこれから、そんな優しい彼を傷つけなければならないからだ。

どんなときも憂しく接してくれた鈴木くん。まっすぐに好きだと想いを告げてくれた鈴木くん。

しかし、わたしが彼の想いに応えることはできない。

「鈴木くん、ちょっといいかな……」

一瞬強張った表情を見せた鈴木くんは、すぐにいつもの笑顔で「もちろん」と頷く。

そしてわたしたちは、以前彼が想いを告げてくれた、誰もいない三階の廊下へと向かった。

「返事、だよな？」

鈴木くんは階段の手すりに背をもたれ、少しだけ眉を下げた。

すごく緊張する。だけどこれは、ときめきなどとはまた違うものだ。

きっと鈴木くんも、とても緊張して告白をしてくれたんだろう。だからわたしも、
ちゃんと向き合って答えを伝えないといけない。

意を決したわたしは、ゆっくりと息を吐いた。

「わたしね――」

「ごめん、あの告白、取り消してもらってもいい？」

「……え」

鈴木くんは両手を顔の前で合わせると、もう一度「ごめん！」と頭を下げた。

「実はさ、俺ずっと、前に話した幼なじみのことが好きだったんだ」

鈴木くんはそう言うと、苦笑いをしながら話してくれる。

「年下だから全然相手にされなくってさ。ちゃんと前を向こうと思って、一番近くにいたのんに告白したんだよ。彼女ができれば変わるかなーって思って。だけど、やっぱり幼なじみのことが忘れられない。だから告白は白紙に戻してくれないかな。本当最低でごめん！」

眉を下げて何度も謝る鈴木くんに、体の力が抜けていく。

「ふっ……ふふふっ……」

「のん……？」

なあんだ、そういうことだったんだ。なにかがおかしくて、わたしはクツクツと笑ってしまう。

「……軽蔑されても仕方ないし、すげー勝手だと思うけどこれからも友達ではいてほしいっていうか。いや都合よすぎるよな」

「ううん。これからも友達でいてほしいよ、鈴木くん」

わたしはにじんだ涙を拭うと、彼に笑いかける。

クラスで人気者の鈴木くん。欠点なんてなくて、いつも完璧に見える鈴木くん。こんな彼でも、恋愛に悩み、ときには判断を間違えることもあるんだと思うとなぜだかほっとしたのだ。そして今の鈴木くんのほうが、自然でいいなと思った。きっとこれからわたしたちは、いい友達になれるのかもしれない。

鈴木くんは少し驚いた表情を見せたあと、眉を下げて優しく笑った。


「おっ、おはよう花室さん」

教室に戻ると原田くんが声をかけてきた。

「ななっ、なにか変わったことはないか？」

突然どうしたのだろう。珍しく余裕がなさそうな表情の彼は、平静を装っているのか唇を尖らせたまま視線を左右へと泳がせた。

「に、人間誰でも勢いやその場の雰囲気に流されることはある。し、しかしそれは訂正するのに遅いということはないし、花室さんの場合はまだ間に合うっていうか、くそっ……俺はなにを言ってるんだ……」

くしゃくしゃと前髪をかき混ぜる原田くんに、わたしは小さく吹き出してしまう。

「……なにがおかしいのさ……」

拗ねた表情で頬を赤く染める原田くん。

「ねえ原田くん」

「なんだい……」

わたしはポケットから、自分のスマホを取り出して彼のほうへと向けた。

わたしたちは、互いの連絡先を知らない。原田くんとわたしがやりとりをしているのは、SNSのメッセージ機能だけ。つまり、このアカウントをどちらかが削除すれば今のように連絡を取ることができなくなってしまうということだ。

「連絡先、教えてくれないかな」

いつだって、あなたに手を差し出すことができるように。

眠れない夜、花室野乃花として原田洋平くんに手を伸ばすことを、あなたは許してくれるでしょうか——？

偽サリーはお見通し ―原田―

「――あれ、原田じゃない？」

こんなところで名前を呼ばれるとは思わなくて、つい振り向いてしまった。

目の端では到底生身の人間とは思えない原色の髪の毛や、奇抜な衣装のフリルが揺れている。

そう、ここは人間社会とはまた違う次元の世界。アニメを愛し、アニメから愛された者が思う存分にその愛を表現できる場所。日常や偏見、常識から解放される世界。そこで本名を呼ばれるなんて、誰が想像できただろうか。

サリーのコスプレをしたあのモデルが、短いスカートを揺らしながら笑っていた。


年に一度の国内最大級のアニメイベント。アニメ好きならば誰もが絶対に死守したいツーデイズ。数多くのアニメのブースが立ち並び、コスプレイヤーが集結。数々の撮影ブース、ステージでは声優によるライブなどが繰り広げられ、限定グッズなども多く販売される、十五万人以上を動員するビッグイベントだ。毎年ひとりで来ているが、声をかけられたのは初めてのことだった。

「……なんだその恰好は」

「なんだ、って！ サリーだよ、かわいくない!? 似合うでしょ？ 再現度高いって

「さっきから写真撮影ばっかり頼まれちゃって大変！」

「サリーはそんなに下品じゃない」

「ちょっと！ なんですって！ パワプルパーンチ!!」

「全然サリーじゃないんだが」

よりにもよって、このモデルに会うなんて。しかもお前がサリーとは無理がある。サリーはもっとかわいらしくて、もう少し愛嬌があってだな……。そう考え、ある人の姿が浮かんだ俺は顔をしかめた。

「もしかして美香ちゃん？ キャーかわいい！ 写真撮っていいですか！」

わらわらと目の肥えていない人々が彼女を見つけ駆け寄ってくる。彼女は俺をにらんでチッと舌打ちすると、くるりと振り返って完璧なポージングをしてみせた。完璧だった、――ポージングだけは。パシャパシャとフラッシュが焚かれ、モデルはここぞとばかりにさまざまなポージングを取っていく。となれば、続々とカメラ小僧たちが集まってくるのは当然のことだった。

注目されるのは好きじゃないし、大体このモデルのお遊びには付き合いきれない。なによりも面倒事に巻き込まれるのはごめんだ。まだ見ていないブースもある。

背を向けて人ごみの中に消えようとすると、彼女は走って追いかけてきた。しかも大声で、「はらだぁーっ！」なんて言うから嫌でも注目されてしまう。

やめてくれ、有名人がこっちに来るな。

人ごみというものはときに姿をうまく隠してくれる強い味方であり、ときに行く手を阻む敵となることもある。どうやら今日は後者のようだ。モデルはむんずと俺の左腕を強く掴んだ。

「せっかく会ったんだからさ、ちょっと付き合いなさいよ」

「やだ。なんで俺が偽サリーと回らないといけないんだ」

「いいじゃない。受験も無事に終わったんだし、卒業式が終われば会うことも少なくなるだろうし。あ、のんも誘う？」

のん――。その名前が出て思わず足が止まってしまう。そんな俺を見るとモデルはニッと口の端を上げた。

「着替えてくるから待ってなさいよ。逃げたりしたら承知しないからね？」

「あの、美香ちゃんですか？　握手してください！」

「美香ちゃんファンです！　アニメが好きだと知ってからもっと好きになりました！」

「大好き、美香ちゃん！」

会場を出て一般世界に足を踏み入れれば、やっぱり彼女は有名人だった。一応普段着に着替えてはいるものの、カラコンにより瞳は黄緑色だし、髪型だって現実離れした高さから揺れる、くるくるとしたポニーテールだ。持っているのは大きなスーツケースだし、そこにはアニメのステッカーがべたべたと貼られている。

「今日？　アニメのイベントがあってね、行ってきたんだよー！　いつもありがとう！」

にこにこと嫌な顔ひとつせずに対応する。イベントの外に出ても彼女の周りにはあっという間に人だかりができて、俺はその中に埋もれながらモデルのことを観察するように見ていた。

純粋に、すごいなと思った。彼女のことはどうも苦手だが、自分の好きなものを堂々と好きだと言い、プロとして有名であることに誇りを持ち、顔や名前も知らない人に笑顔で対応をする姿は眩しく見える。俺には到底できないことだ。

大学に入ったらモデル事務所に所属するんだと花室さんは言っていた。彼女もあんな風に、ファンに囲まれるようになるのだろうか。これから訪れるであろう未来に、俺は小さな戸惑いを覚えた。

「ごめんごめん。よく逃げずにいてくれたね」

「逃げるなんて俺を弱虫みたいに言わないでもらいたいけど」

そう返せは、モデルは楽しそうにふふふと笑う。

「それより変装とかしないのかい？」

普通有名人というのは帽子をかぶるとか、サングラスをするとか、マスクをするものなんだと思っていたが彼女はどこも隠す様子はなく、堂々としていた。

「しないよー。だって別に悪いことなんにもしてないもん。コソコソしてるほうがかえって目立つしね」

ふむ、そういうものなのか。それにしても、やたらと距離が近いと思うのだが勘違いだろうか。さっきから何度か肩がぶつかっている。

「俺みたいなオタクと歩いていて、変な噂がたったらどうするんだ？」

「なに言ってんの？ わたしだって立派なアニメオタクだよ。この恰好見てよ」

念のために忠告してみたのだが、たしかにそんなことは取り越し苦労に違いない。どこからどう見ても、俺たちはアニメ好きという、ただの同志にしか見えないのだから。

彼女はこっちこっちと俺を誘導すると、一軒の店に招き入れた。そこは彼女が入るには不自然なくらいに落ち着いた、古い喫茶店だ。

カランコロンと転がるレトロな鈴の音。いらっしゃいませというダンディーな中年マスター。全体的に店内は少しくたびれた感じのオレンジ。彼女は慣れた足取りで奥の席に座ると、メニューを開いた。

「ここはさ、ソフトクリームがおいしいのよ」

そう言うと、俺の答えを待たずに彼女はメロンソーダをふたつ注文する。こういう強引なところは、モデルだからというよりは彼女の性格なのだろう。

「で、どうして逃げなかったの？」

氷が三つ浮かぶ、ちょっと黄みがかったグラスに入った水が運ばれてくると、彼女は両肘をテーブルについて俺を見つめた。黄緑の瞳にどうしてもサリーを——花室さんの姿を透かしてしまう。

「別に逃げたりしないって」

「のんの名前が出たから？」

ごくん、と思わず口につけていたグラスから氷を飲み込んでしまう。どんどん、と拳で胸のあたりを叩くと、モデルは「あはは」とまた声を出して笑った。わかりやすい、とそう言って。

「別に花室さんがどうとか別に。まったくもって別に、だからなんだという理由にはならない」

意味わかんない動揺しすぎ、とモデルは得意そうな顔で俺を見た。ああ、腹が立つな。やっぱりサリーとは大違いだ。

花室さんと鈴木は、今も仲のいいクラスメイトのままだ。鈴木には他に本命がいるらしいとの噂が流れていたけれど、そんなのはただのでたらめだ。鈴木が本気で花室さんに想いを寄せていたことは、誰よりも俺が知っている。なぜって、鈴木が彼女の姿を追う眼差しを見ていれば、そんなのは明確だからだ。

ふたりの間にどのようなやりとりがあったかはわからない。しかし、花室さんは鈴木と付き合う道を選ばなかった。だからといって俺を選んだわけでもないけれど。

それでも俺たちは、SNSを介してではなく、直接連絡を取り合うようになった。ときには長電話をすることもあったし、受験期にはお互いに励まし合ってどうにか大学進学という切符を手に入れることにも成功したのである。彼女は都内の私立大学。俺は都の端にある別の大学だ。

彼女との心の距離が近づけば近づくほど、迫りくる卒業という節目に焦りを感じるようになった。彼女を知れば知るほどに、自分とは正反対の場所にいる人なのだと思ってしまう。だからこそ俺は、どうしたらいいのかわからなくなっていたのだ。

「――ホイル大佐」

ふと、目の前のモデルが俺を見つめてそう言った。ぎくりと一瞬体が強張る。なぜこのタイミングでその名前を出したのか。真意がわからずに彼女の右手の脇に綺麗に積み上げられた、角砂糖の数を心の中で数えてみる。落ち着け。落ち着け落ち着け落ち着け。

「――ってね、わたしが崇拝しているアニメが大好きな人のアカウント名なんだけど」

モデルはふうーとため息をつきながら視線を横へと流した。気付かれないように息を吐き出す。焦った。バレたのかと思った。

「わたしね、その人にすごく救われたの」

モデルはどこか遠くを見つめるような表情でそう言った。

「うちって母子家庭で、母親は仕事でほとんど家にいないの。ひとりでいることなんて慣れそうなものなのに、たまにすごく不安になったり寂しくなったりしてさ。そんなときに、ホイル大佐に出会ったの。顔ももちろん知らないし話したことだってなかったのに、彼の投稿を見ているだけでなんだか元気が出た。画面の向こうでこの人はたしかに生きてるんだって思ったら、不思議と孤独な気持ちが癒されていった」

ドクリと体中が粟立つのを感じる。たしかに、このモデルがホイル大佐のことをフォローしているということは知っていた。以前学校で話題に出たときは、うまく流すこともできた。しかし、今日はそうはいかないだろう。なぜか俺はそう思った。

もしかしたらこのモデルはホイル大佐の正体を――。

「完璧でいなきゃ、求められる自分でいなきゃって苦しくなるたびに、いつも彼の言葉に救われてきた。だから恩返しをしたいって思ってるの」

最後の台詞を、彼女は俺のことをまっすぐに見つめながら言った。

──ああ、やっぱり。彼女は俺を、知っているのだ。

モデルはふっと表情を緩めるとテーブルの上に紙ナプキンを一枚広げ、鞄の中からペンとスマホを取り出した。そしてなにかをすらすらと書くと、こちらへとそれを差し出す。

「卒業式には、最高にかっこいい原田で来なさいよ。出陣してから、どれくらい時間が経ってると思ってんの？」

メモに書かれていたのは、彼女の行きつけの美容室であろう名前と電話番号。そして、俺がいつものように言っていた言葉。

「──ここは自由な世界なんでしょ？」

いたずらそうな表情でそう言ったモデルは、運ばれてきたメロンソーダのアイスを押し込んで、あふれた泡に口をつけて笑っていた。

ここは自由な世界なのさ

さわさわと揺れる桜並木。今年は暖冬で、例年よりも早く満開となった。『満開の桜に見送られる卒業生というのも、なかなかにいませんよ』と校長先生も話していたから、きっとみんなの心に残る卒業式となっただろう。

桜並木の下では、胸元に蘭の花を挿した卒業生と、別れを惜しむ在校生たちであふれていた。手紙を交換する人、写真をたくさん撮る人、抱き合う人、先生と楽しげに話す人に思い切って想いを告げる人。

そんな中をすり抜けるように、卒業証書を片手に持ったわたしは駆けていた。

──今日は卒業式。原田くんと同じ教室で過ごす、最後の日だ。

「原田くんっ！」

ガラリと扉を開けば、まだみんなが戻ってきていない教室で、彼はひとりいつも通りスマホをいじっていた。

式典が終わってから、最後のホームルームがある。だけどこの様子じゃ当分は、誰も戻ってきま来ないだろう。

「きみ……、写真とかはいいの？」

原田くんは少し驚いた表情を見せたあと、気まずそうに視線を逸らした。そして、さっぱりと短くなった髪の毛を指先でいじる。

今朝、クラスではちょっとした騒ぎが起きた。それは卒業式当日だというのに、クラスに見知らぬイケメンが現れたからだ。白い陶器のような肌に、吸い込まれそうな薄茶色の綺麗な瞳。髪型だけでこれほどに変わるものか。クラス中が『あの七不思議は本当だった』と息を呑んだのだ。

わたしは深呼吸をして自分の席に座ると、卒業アルバムを取り出した。アルバムには写真の他に、寄せ書き用の白紙ページがある。そこを開いて、隣の机にそっと置いた。

「なにか書いてくれないかな」

原田くんはじっとそれを見つめると、鞄の中からペンを取り出した。

「今日、原田くんすごくかっこよくなっててびっくりしたよ」

わたしは、見慣れた教室を見回しながら、さりげなく話題を振る。黒板には絵が得意な子たちが描いた、クラス全員の似顔絵。みんな楽しそうに笑っている。わたしの隣に描かれている原田くんは、目元を覆うほどに長い前髪の持ち主のままだ。

「みんなが驚いているのを見て、わたしね、ほら見ろどうだ！って思ったの。おかしいよね、わたしが自慢することでもなんでもないのに」

だけど、ちょっとだけ寂しかった。だって原田くんのよさを、わたしだけが知っていたいなんて思っていたから。

自分の中に芽生えていた嫉妬心に改めて驚いていると、書き終えたのであろう原田くんはペンをしまって小さく深呼吸をした。

「昔はさ、馬鹿馬鹿しいと思っていたんだ。かっこよく見せるために髪型を整えるだとか、よく見られるために努力するだとか。人間大事なのは中身であって外見じゃない。だけど今は少し、そんな人たちの気持ちもわかるようになった気がする」

そう言った原田くんは、ペンケースについていたサリーのキーホルダーをぎゅっと握る。

「まあ外見を変えたところで、俺はアニメオタクの俺でしかないんだけどさ」

自嘲気味に笑う原田くんの姿に、わたしは強く首を振った。

「どんな原田くんも、ちゃんと原田くんだよ」

彼は眩しそうに目を細めると、優しく微笑む。

「きみはいつも、俺とは正反対の場所にいる。きっとこれからも、花室さんは太陽の下を歩いていくんだろうね」

あまりにも優しく紡がれるその言葉に、瞳の奥がきゅっと締めつけられる。

そんなことない。いつだって原田くんはわたしの隣にいてくれるでしょ？　正反対だなんて、言わないでほしい。それなのにうまく言葉が出てこないのは、彼がそれを嘆いているようには見えないからだ。

「三年間なんて、早く過ぎてしまえとずっと願ってきた」

キラキラとしたみんなのざわめきが、窓の下から聞こえてくる。それなのになぜか、ここだけが別世界のように感じられる。

高校生活の三年間、わたしにはいろいろなことがあった。それでもわたしにとっての一番大きな出来事は、原田くんと出会ったことだ。

「卒業をするのが惜しくなる日が来るなんて、想像もしていなかったんだよ」

ざぁっと大きく風が吹いて、窓の外の桜の花びらが教室内へと舞い込んだ。薄紅色の風がわたしの髪の毛を優しく撫でる。

原田くんは立ち上がってわたしのほうへと体を向けると、握った右手をこちらへと差し出した。

「俺にはアニメしかなかったから、恋愛感情というものには疎い上にスマートに振る舞うこともできない。それでもこんな俺にもひとつだけわかることがある」

まっすぐに向けられる彼の視線、彼の言葉。ああどうしよう、涙があふれてしまいそう。だって彼がこれから言うであろうことは多分、わたしが言いたいことと同じだから。

「――この気持ちは、きっと愛だと思うんだ」

ねぇホイル大佐。あなたはすべて所詮作り物だと言っていたよね。そんな偽物世界での出会いにも愛が生まれることがあるなんて、想像もしていなかったんじゃないのかな。

ねぇぴかりん。あなたなら、今のわたしの気持ちにどんな風に寄り添ってくれる？

「こんなオタクがきみみたいな人に愛だなんて、おかしいと笑われるかもしれないけどさ」

原田くんが照れくさそうに笑いながら、その手のひらを解いた。そこに載せられていたのは、金色に光る制服のボタンだ。

――第二ボタンを贈るのは、自分の心を贈ること。

これは、原田くんが教えてくれたアニメに出てきたワンフレーズ。

わたしはそのボタンを受け取ると、自らの手を彼の指先に絡ませた。初めてつないだ原田くんの手はあたたかくて、そしてちょっと湿っぽくて。なんだかそれが、本当に実在している本物の原田くんだと教えてくれるようだ。

「原田くん、わたしたちも桜並木で写真を撮ろうよ！」

「え、っ、や、でも――

「たって今日は、わたしたちにとって特別な日になるんでしょ？」

高校生の三年間なんて、気付けばあっという間に終わってしまう。笑ったことも泣いたことも、苦しかったこともおかしかったことも、かけがえのないこの時間はこの場所で、このわたしたちでなければ感じられなかったことだ。

わたしたちは大人になる。嫌だって抗ったって、どうしても時間はどんどん過ぎてしまう。

――それならば、今をもっと大事にしたい。

「わたしも愛だと思ってる。原田くんへの、この気持ち」

やっと伝えられた素直な想い。ついに見つけた自分の心。

原田くんは一瞬目を見開いたあと、泣きそうな顔でくしゃりと笑う。そして、わたしの手をぎゅっと強く握り返した。

「花室さん、覚悟はできてる？　後悔したって、もう遅いよ？」

そんな意地悪を言うところも、やっぱり原田くんらしい。解こうとしたって、もうきっと彼はわたしの手を放さないだろう。

わたしたちが生きる今には、いろんな世界が存在する。そのどれもが作り物で、それと同時に本物だ。

わたしたちはそんな世界でときには自分を偽りながら、演じながら、そして素直になりながら毎日を生きている。がんじがらめの世の中で不満を叫び、不安を抱え、囚われながら生きている。

だけど、本当にそうなのかな。本当に、世界はそんなにがんじがらめなのだろうか。

もしそんな狭苦しい世界が、自分の気持ちひとつで変わるとしたら？

本当の自分なんて、やっぱりよくわからない。未だ青いわたしたちはその答えを探しながら、見つけては失ってを繰り返しながら、この先の人生を生きていくのだ。

彼の机の上に広げられたアルバムには、大きな文字でいつもの言葉が書かれている。

だからわたしも、胸を張って彼の問いに同じ言葉で応えよう。

「――ねえ知ってる？　ここは、自由な世界なのさ」

END

あとがき

はじめまして、音はつきです。わたしにとって人生で初めての本となる『未だ青い僕たちは』を手にとってくださり、本当にありがとうございます。まさか自分の書いた小説がこうして書籍になるなんて、お話を書き始める数年前までは想像もしていませんでした。本当に人生って何があるかわからないなと、このあとがきを書きながら改めて思っています。

さて、原田と野乃花のお話、楽しんでいただけたでしょうか。このお話の原形は、わたし自身が様々な葛藤を抱えていた時期にほとんど勢いだけで書き上げたものでした。言いたいけれど言葉に出来ない。叫びたいけど叫べないし、怒りたいけど押し込めてしまう。そんな風に自分で自分をがんじがらめにしてしまった時期、わたしは原田の言葉にとても救われていました。もしかしたら自分の中で爆発させたかった想いを原田に、そして野乃花に代弁してもらっていたのかもしれません。

作中でも書きましたが、このふたりが歩んでいる十七歳という時間はとても瑞々しくて危うくて、そして何よりもかけがえのない時期だと思います。わたしにとってその時代はずいぶんと前に過ぎてしまったけれど、それでもあの頃にしか感じられなかった思いや感情は今でもきちんと覚えています。いいことも苦い思い出も。これからも、その時にしか感じられない一瞬一瞬を書いていけたらいいな。またみなさんにお届けできる日を夢にみて、頑張りたいと思います。

自分が楽しくて書いていたものが、こうしてたくさんの方の元へ届くことが本当に幸せです。野乃花たちと同世代のみなさん、そして少し前に青い時間を過ごしてきたみなさんの心に、彼らの言葉と共に寄り添えることが出来たら嬉しいです。

そして、今回出版にあたり携わってくださったすべての方々に感謝を申し上げます。不慣れなわたしに一から教えてくださり導いてくださった担当編集さん、小説としての成り立ちや構成含めともに考えてくださった編集協力の妹尾さん、丁寧にチェックしてくださった校正さん、野乃花の瑞々しさを繊細に描いてくださったフライさん、いつも一番の味方でいてくれる友人に家族。そして今回、原田と野乃花に出会ってくださったみなさん。本当にありがとうございます！

わたしはこれからも、自分の書きたいものを好きなように書いていきたいと思います。みなさんも、自分のやりたいことを、やりたいようにやってみてくださいね。迷った時には、いつでもホイル大佐がこう言ってくれるはず。

「ここは、自由な世界なのさ」って。

音はつき

この物語はフィクションです。実在の人物、団体等とは一切関係がありません。

音はつき先生へのファンレターのあて先
〒104-0031　東京都中央区京橋1-3-1　八重洲口大栄ビル7F
スターツ出版（株）書籍編集部 気付
音はつき先生

未だ青い僕たちは

2020年9月28日　初版第1刷発行

著　者　　音はつき　©Hatsuki Oto 2020

発 行 人　菊地修一
デザイン　カバー　徳重 甫+ベイブリッジ・スタジオ
　　　　　フォーマット　西村弘美
発 行 所　スターツ出版株式会社
　　　　　〒104-0031
　　　　　東京都中央区京橋1-3-1　八重洲口大栄ビル7F
　　　　　出版マーケティンググループ　TEL 03-6202-0386
　　　　　（ご注文等に関するお問い合わせ）
　　　　　URL　https://starts-pub.jp/
印 刷 所　大日本印刷株式会社

Printed in Japan

ISBN　978-4-8137-0978-7　C0193

スターツ出版文庫　好評発売中!!

『恋する金曜日のおつまみごはん～心ときめく三色餃子～』栗栖（くりす）ひよ子・著

仕事一筋、女子力ゼロな干物女子・充希は、行きつけの居酒屋でご飯を食べることが唯一の楽しみ。しかしある事情で店に行けなくなり、自炊するも火事寸前の大惨事に。心配し訪ねてきた隣人はなんと社内屈指のイケメン後輩・塩見だった。実は料理男子な彼は、空腹の充希を自宅に招き、お酒好きな充希のために特製『おつまみごはん』を振る舞ってくれる。充希はその心ときめく美味しさに癒され、いつの間にか彼の前では素の自分でいられることに気づく。その日から"金曜日限定"で彼の家に通う秘密の関係が始まって…。

ISBN978-4-8137-0958-9／定価：本体580円+税

『きみが明日、この世界から消える前に』此見（このみ）えこ・著

ある出来事がきっかけで、生きる希望を失ってしまった幹太。朦朧と電車のホームの淵に立つと「死ぬ前に、私と付き合いませんか！」と必死な声が呼び止める。声の主は、幹太と同じ制服を着た見知らぬ美少女・季帆だった。その出会いからふたりの不思議な関係が始まって…。強引な彼女に流されるまま、幹太の生きる希望を取り戻す作戦を決行していく。幹太は真っ直ぐでどこか危うげな彼女に惹かれて行くが…。しかし、季帆には強さの裏に隠された、ある悲しい秘密があった——。

ISBN978-4-8137-0959-6／定価：本体600円+税

『御堂誉の事件ファイル～鳥居坂署のおひとりさま刑事～』砂川雨路（すながわあめみち）・著

鳥居坂署一の嫌われ部署「犯罪抑止係」に配属になった新人警察官・巧。上司・御堂誉は二十八歳にして警部補という超エリートだが、エゴイストで社交性ゼロ。かつて捜査一課を追放された超問題児。「こんな部署になぜ俺が!?」と絶望する巧のもとに、少年たちによる特殊詐欺の疑惑が届く。犯抑には捜査権がない。しかしたったひとり秘密裏に捜査を始めた誉。そこで巧が目の当たりにしたのは誉の驚くべき捜査能力で——!?異色のコンビが敵だらけの署内で真実を追う、痛快ミステリー！

ISBN978-4-8137-0960-2／定価：本体580円+税

『龍神様の押しかけ嫁』忍丸（しのぶまる）・著

幼い頃の初恋が忘れられず、26歳になっても恋ができない叶海。"初恋の彼に想いを告げて振られたらいいんだ"と考えた叶海は、かつて過ごした東北の村を訪れるが——。十数年ぶりに再会した幼馴染・雪嗣は、人間ではなく、村を守る龍神様だった！「私をお嫁さんにして！」「——断る!!」再び恋に落ちた叶海は雪嗣を落とすべく、"押しかけ嫁"となることに！何度求婚してもつれない態度の雪嗣だったが、たまに見せる優しさに叶海は恋心を募らせていって——!?

ISBN978-4-8137-0961-9 ／ 定価：本体630円＋税

スターツ出版文庫　好評発売中!!

『新米パパの双子ごはん』　遠藤遼・

情に厚く突っ走りがちな営業マンの兄・拓斗と、頭はキレるが感情表は苦手な大学准教授の弟・海翔。ふたりが暮らす家に突然「パパ！」四歳の双子・心陽と遥平が転がり込んできた。小さなふたりに見覚えないが、まったく身に覚えがない訳ではない兄弟…。どちらが父親なか、母親が誰なのか、謎だらけ。けれども、拓斗の下手な手料理を満の笑みで頬張る食いしん坊な双子を見ているうち、いつの間にか愛情のようなものが芽生え…。不器用な男ふたりのパパ修行が始まる!?

ISBN978-4-8137-0943-5／定価：本体620円＋税

『この度、狼男子!?を飼うことになりました』　桃城猫緒・著

駆け出し中のアイドル・天澤奏多は、人生最悪の１日を過ごしていた初めての出演映画は共演者のスキャンダルでお蔵入りの危機。しかも通り魔に襲われ、絶体絶命の大ピンチ——。しかし、狼のような犬に助けられ、九死に一生を得る。ほっとしたのも束の間、犬は「カナ！会いたかった！」と言葉を発して——!?まるで奏多の旧友だったかのように接してくる“喋る犬”ドルーと、戸惑いつつも不思議な生活をスタートするが、ある日ドルーが人間の姿に変身して…!?

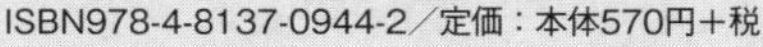

ISBN978-4-8137-0944-2／定価：本体570円＋税

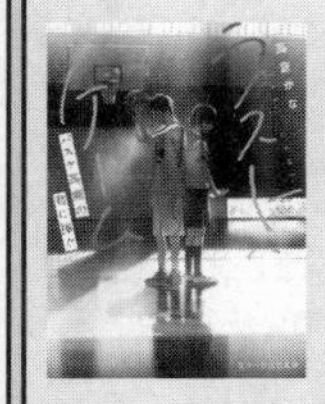

『ラスト・ゲーム～バスケ馬鹿の君に捧ぐ～』　高倉かな・著

高３の春。バスケ部部長の元也は、最後の試合へ向けて練習に励んでいた。大好きなバスケがあり、大事な仲間がいて、女子バスケ部の麻子とは恋が生まれそうで…。すべてが順調だったが、些細な嫉妬から麻子に「お前なんか好きじゃない」と口走ってしまう。それが原因で、尊敬する父とも衝突。謝罪もできないまま翌日、父は事故で他界する。自分のせいで父が死んだと思った元也は、青春をかけたバスケとも距離を置き始め…。絶望の中にいる元也を救ったのは…!?15万人が涙した青春小説。

ISBN978-4-8137-0945-9／定価：本体600円＋税

『ヘタレな俺はウブなアラサー美女を落としたい』　兎山もなか・著

念願のバーをオープンさせ、経営も順調なアラサーバーテンダーの絹。ある日の明け方、お店の前でつぶれていたパリピな大学生・純一を介抱したのをきっかけに彼はお店で働くことに。「絹さんって彼氏いるんスか」と聞いて積極的にアプローチしてくる彼に、しばらく恋愛ご無沙汰だった絹は、必死でオトナの女を演じるが…一方、チャラ男を演じていた純一は実はガチで真面目なピュアボーイで、必死で肉食系を演じていた始末…実はウブなふたりの、カクテルよりも甘い恋愛ストーリー。

ISBN978-4-8137-0926-8 ／ 定価：本体610円＋税

スターツ出版文庫　好評発売中!!

『あの夏、夢の終わりで恋をした。』冬野夜空（ふゆのよぞら）・著

妹の死から幸せを遠ざけ、後悔しない選択にこだわってきた透。しかし思わずこぼれた自分らしくない一言で、そんな人生が一変する。「一目惚れ、しました」告白の相手・咲葵との日々は、幸せに満ちていた。妹への罪悪感を抱えつつ、咲葵のおかげで変わっていく透だったが…。「──もしも、この世界にタイムリミットがあるって言ったら、どうする？」真実を知るとき、究極の選択を前に透が出す答えとは…？　後悔を抱える2人の、儚くも美しい、ひと夏の恋──。

ISBN978-4-8137-0927-5 ／ 定価：本体590円＋税

『熱海温泉 つくも神様のお宿で花嫁修業いたします』小春りん（こはる）・著

仕事も恋も家も失い、熱海に傷心旅行に来た花は、一軒の宿に迷い込んでしまう。モフモフのしゃべる狸が出迎えるそこは、つくも神様が疲れを癒しにやってくる温泉宿だった！なりゆきで泊まったものの宿代が払えず、借金返済のために仲居をすることになった花。しかも、意地悪なイケメン若旦那・八雲の花嫁候補にまで任命されて…!?どん底女子が、個性豊かな神様たちと出会い成長していく、心温まる物語。「スターツ出版キャラクター小説大賞」大賞受賞作。

ISBN978-4-8137-0928-2 ／ 定価：本体660円＋税

『神様の教育係始めました～冴えない彼の花嫁候補～』朝比奈希夜（あさひなきよ）・著

飲料メーカーの営業をしているあやめは、ヘタレな後輩・十文字君とコンビを組んでいる。まともに営業もできない気弱な彼を育てるために奮闘する日々。加えて実はあやめは、あやかしが見える体質で、なぜか最近あやかしたちに攻撃されるようになり悩んでいた。そんなある日、あやかしに襲われていたところを、銀髪で和装姿の超絶イケメンに助けられる。「俺の嫁になれ」「よ、嫁!?」動揺しつつも、落ち着いてよく見ると、その彼は十文字君にどこか似ていて…？

ISBN978-4-8137-0929-9 ／ 定価：本体630円＋税

『またもや不本意ながら、神様の花嫁は今宵も寵愛されてます』涙鳴（るいな）・著

『ともに生きよう。俺の番』──不運なOL生活から一転、神様・朔の花嫁となった雅。試練を乗り越え、朔と本当の夫婦になれたはずなのに“寝床が別”ってどういうこと…!?　朔との距離を縮めようとする雅だが、ひらりと躱され不満は募るばかり。そんな最中、またもや雅の特別な魂を狙う新たな敵が現れて…。朔の本当の気持ちと、夫婦の運命は──。過保護な旦那様×お転婆な花嫁のどたばた＆しあわせ夫婦生活、待望の第２弾！

ISBN978-4-8137-0909-1 ／ 定価：本体560円＋税

スターツ出版文庫　好評発売中!!

『夜が明けたら、いちばんに君に会いにいく』汐見夏衛・

高2の茜は、誰からも信頼される優等生。しかし、隣の席の青磁にた
は「嫌いだ」と言われてしまう。茜とは正反対に、自分の気持ちをは
きり言う青磁のことが苦手だったが、茜を救ってくれたのは、そんな
だった。「言いたいことあるなら言っていいんだ。俺が聞いてててや
実は茜には、優等生を演じる理由があった。そして彼もまた、ある秘
を抱えていて…。青磁の秘密と、タイトルの意味を知るとき、温かな
があふれる—。文庫オリジナルストーリーも収録！

ISBN978-4-8137-0910-7 ／ 定価：本体700円＋税

『美味しい相棒～謎のタキシードイケメンと甘い卵焼き～』朧月あき・著

「当店では、料理は提供いたしておりません」――。大学受験に失敗
た良太が出会った一軒のレストラン。それはタキシードに身を包んだ
世の美男・ルイが、人々の"美味しい"を引き出す食空間を手がける店
病気がちの祖母に昔のように食事を楽しんでほしい――そんな良太の
いを、ルイは魔法のような演出で叶えてしまう。ルイの店でバイトを
めた良太は、様々な事情を抱えたお客様がルイの手腕によって幸せにな
る姿を見るうちに、自分の歩むべき道に気づき始めて――。

ISBN978-4-8137-0911-4 ／ 定価：本体600円＋税

『ニソウのお仕事～推理オタク・まい子の社内事件簿～』西ナナヲ・著

「困り事があったら地下の伝言板に書き込むといい。第二総務部（通称
ニソウ）が助けてくれるから」。会社にある、都市伝説のような言い伝え。
宣伝課のまい子が半信半疑で書き込むと、ニソウによってトラブルが解
決される。しかし、ニソウは社内にないはずの謎の部署。推理小説好き
のまい子が、正体を突き止めようとすると、ニソウの人間だと名乗る謎
のイケメン社員・柊木が現れる。彼は何者…？柊木に推理力を買われた
まい子は、ニソウの調査員に任命されて…!?

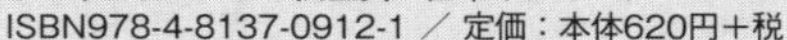

ISBN978-4-8137-0912-1 ／ 定価：本体620円＋税

『きみの知らない十二ヶ月目の花言葉』いぬじゅん・櫻いいよ・著

本当に大好きだった。君との恋が永遠に続くと思っていたのに――。廃
部間近の園芸部で出会った僕と風花。花が咲くように柔らかく笑う風花
との出会いは運命だった。春夏秋と季節は巡り、僕らは恋に落ちる。け
れど幸せは長くは続かない。僕の身体を病が蝕んでいたから…。切なく
て儚い恋。しかし悲恋の結末にはとある"秘密"が隠されていて――。
恋愛小説の名手、いぬじゅん×櫻いいよが男女の視点を交互に描く、感
動と希望に満ち溢れた純愛小説。

ISBN978-4-8137-0893-3 ／ 定価：本体680円＋税